KB267464

엄마 박완서의 옷장 · 그리고 나의 옷 이야기

나와
잘 지내는
시간 07

엄마 박완서의 옷장 · 그리고 나의 옷 이야기

호원숙

구름의시간

경쾌한 기쁨

어머니가 돌아가신 지 15년이 되었다. 나는 그동안 70대에 들어서면서 어머니와 같이 지내던 그 나이가 되어버렸다. 몸이 늙으면서 크고 작은 문제들이 생겼다. 자연스러운 일이라고 생각했다. 그런데 뜻밖에도 삶의 기쁨이 줄어들고 걱정과 시름과 슬픔이 많아졌다. 우아하게 모든 욕심을 비우고 마당의 꽃들을 돌보며 평온하게 관조하며 사는 삶이 올 줄 알았는데, 이 나이를 살아보니 구름 잡는 헛소리구나 느끼게 되었다.

아치울 집은 나에게 일거리를 만들어주었다. 편안하게 쉴 사이가 없었다. 그런데 어느새 그걸 즐기고 있다는 걸 알게 되었다. 놀랑놀랑 지내고 싶지만 그걸 허락하지 않았다. 나도 모르게 늙어가는 몸과 삶의 기쁨과 노역 사이에서 힘겨루기를 하고 있었다.

이 책은 나의 에너지를 조금씩 쓰려고 시도했던 기획이었지만 역시 만만하지 않았다. 할수록 더욱 쉽지 않았다. 하지만 옷과 함께 즐겁고 싶었고, 자유롭고 싶은 마음의 기록이다.

또한 어머니의 옷 이야기이면서 나의 옷 이야기이기도 하다.

아침에 일어나 몸에 딱 붙으면서도 감촉이 좋은 하얀 레깅스를 입고 히트텍 내의를 챙겨 입으면 섬유와 패션의 발달에 감탄하게 된다. 겨울이 두렵지 않은 따뜻한 내의, 마음에 드는 빨간 양말과 부드러운 캐시미어 스웨터와 꽃문양이 있는 니트 조끼, 와이드 팬츠를 입으면 외출을 하지 않고 집에 있어도 움직임이 즐겁다.

옷을 잘 빨아 입는 것은 나의 즐거움이자 덕목이다. 오래

되었지만 멀쩡한 옷을 다시 꺼내 한 번씩 입어주는 것도
옷에 대한 예의라고 생각한다. 아무리 좋은 옷도 옷장에
걸려 있으면 빛을 잃지만 입으면 생기가 난다. 황금 반지
도 다이아몬드도 서랍 속에 있으면 빛을 잃는다.

나는 옷을 자주 사지도 않지만 마구 버리지도 않는다.
그래서 옷장에 있던 옷이나 스카프를 꺼내어 세탁을 하
고 빛을 보이는 것을 즐긴다. 자랑하고 싶거나 보이고
싶은 것도 아니고 다 수수한 일이다.

나에게는 매일 음식을 준비하고 먹는 것과 같이 매일
옷을 갈아입고 빨아 입고 하는 일상이 내 삶을 지탱하
며 이어가게 만들고 다음 날을 기다리게 해준다. 외출
이라도 있는 날이면 그 전날 밤 옷을 코디해 놓고 기다
리는 시간이 좋다. 물론 챙겨놓은 옷이 그날의 날씨나
분위기에 맞지 않아 변덕을 부려 바꾸어 입을 때도 많
지만. 대중교통 지하철로 움직이면서 사람들을 관찰하
는 것도 재미가 있다. 거의 다 나보다 젊은 이들이다.
나는 그들의 옷차림을 바라보며 시대의 징후를 읽는 것
을 좋아한다.

어머니가 입었던 옷, 어머니가 재봉틀로 만들어준 옷의 기억을 간직하고 있었다. 그 기억이 이 나이가 되도록 행복감의 원천이 될 줄은 몰랐다. 지금의 나는 1년에 좋은 옷 한 벌 정도의 새 옷을 사도 충분하다. 혼자 옷을 쇼핑하는 것은 아직도 짜릿한 즐거움이다. 꽃이 피면 하얀 손수건에 그림을 그리고 수를 놓는 오롯한 기쁨도 빼놓을 수 없다. 수공업 시대부터 오래 살아온 듯한 느낌을 맛본다. AI 친구와 옷에 관한 가벼운 대화를 하면 이 시대의 열차를 타고 있는 기분을 맛본다.

기억을 안고 있는 옷을 오늘도 즐겨 입고, 옷이 몸에 닿는 감촉을 즐기면서 노구를 사랑하는 것이야말로 남은 삶을 지속할 수 있는 힘이라고나 할까? 무겁게 가라앉으려는 삶에 옷은 날개처럼 나에게 경쾌한 기쁨을 선사한다.

목차

III

잃어버린 캐시미어 스웨터

나이가 드니까 캐시미어 스웨터가 좋아진다. 가벼움과 따듯함을 겸비했으니까. 그걸 알게 된 것은 푹 늙고 나서부터였다. 어머니가 남기신 옷 중에 유난히 캐시미어 스웨터가 많았다. 대부분 많이 입어서 낡기도 하고 음식물을 흘린 흔적이 있기도 해서 세탁을 맡겨 갈무리해 놓았다가 날씨가 산산해지면 꺼내 입는다.

지금 입고 있는 것도 민트색 카디건이다. 디자인은 닥스와 비슷한데 런던 여행 중 사셨거나 누군가에게 선물을 받으신 것 같다. 어머니가 자주 입으셔서 부드러운 털은 빠졌고 보온성이 떨어지지만, 민트색이 여전하고 금빛 단추도 변함없이 빛난다.

언젠가 어머니가 중국 여행 중 호텔 방에다 캐시미어 스웨터를 두고 온 적이 있었다. 새 옷이라 아까워서 백방으로 알아보았지만 결국 찾지 못했다. 어머니가 물건을 잃어버리고 그렇게 속상해한 적이 없었다. 그때 하신 말씀이 잊혀지지 않는다.

"느이 아버지가 있었으면 그런 일은 일어나지 않았을 거다."

아버지는 가족과 여행 중 호텔 방을 나갈 때 꼭 맨 나중에 나오면서 방 구석구석, 목욕탕의 세면대까지 훑어보셨다. 혹시 흘린 머리핀이라도 있을지도 몰라서. 우리는 모두 아버지를 믿었고 마음 편히 자유롭게 놀 수 있었다. 까마득히 오래된 일이지만 지금도 호텔에서 체크아웃할 때는 아버지가 생각나 꼭 한번 다시 둘러본다. 혹시 어디에 걸쳐둔 스웨터라도 있을지 몰라. 어머니는 캐시미어 스웨터를 보면 아버지가 생각나는 것이 아니었을까? 가볍고도 따뜻한 스웨터처럼 아버

어머니의 낡은 캐시미어 스웨터를 즐겨 입는다.

지의 영혼이 보살펴주신다는.

나는 어머니의 낡은 스웨터를 입으며 그 사랑을 느낀다.

세 가지 색상의 무릎 담요

서울대 중앙도서관에 어머니 유품을 기증하는 과정에서 뜨개질한 무릎 담요를 가져가고 싶어 해서 좀 놀랐다. 10년 이상 소파에 걸쳐놓거나 무릎에 올려놓기도 한 그야말로 때 묻은 털실 덩어리였고, 나에게는 마치 어린애의 애착 담요나 베개 같은 그런 물건이었다.

결국 나는 잘 세탁을 해서 보냈다. 그걸 내가 죽을 때까지 갖고 있을지라도 그때 누가 그걸 달라고 하겠는가? 필요로 할 때 주자는 게 나의 기준이었다. 물론 달라는 주체가 개인인 것도 아니니까.

지금은 올해 개관한 박완서 아카이브에 전시되어 있다. 설명이 적혀 있다 하더라도 그걸 보는 사람들이 뭔가 느낄 수 있을까? 내가 그전에 쓴 글을 보면 어머니가 먼저 털실을 사 오라고 했고 내가 세 가지 색상의 털실을 사 왔다고 되어 있다. 그 털실은 순모도 아니었는데도 따뜻하고 질겼다. 그 털실로 어머니와 같이 아무 계획 없이 사각형으로 떠놓은 것이다. 크기도 들쭉날쭉하지만 어머니는 쫀쫀하게, 나는 느슨하게 떠서 누가 떴는지 금세 알아볼 수 있다. 어머니가 돌아가신 후 아무 의미 없는 쪼가리 같던 크고 작은 사각형 조각들을 이어 붙여서 하나로 만든 것이다.

어느 날 하루 종일 걸렸다. 해가 지고 있었다.
내가 꿈꾸던 일이었다. 태피스트리* 같은, 어딘가에서 어느 미술책에서 본 듯한 기하학적인 구성.
폴 클레**였을까 아니면 조각보였을까?

---

* 태피스트리 (tapestry) 여러 가지 색실로 그림을 짜 넣은 직물.
** 폴 클레 (Paul Klee, 1879-1940) 20세기 현대미술의 가장 시적인 화가로 불린다. 그의 작품은 단순한 그림이 아니라 기호, 문자, 색의 리듬으로 이루어진 시적 구조를 가지고 있다.

나는 그걸 완성하며 스스로 도취되어
희열을 느꼈다.

손이 쉬는 시간을 아까워했던 어머니, 텔레비전 드라
마나 뉴스를 보면서도 손을 움직여 뜨개질을 했던 어머
니, 물건을 아끼고 함부로 버리는 것을 싫어했던 어머
니를 생각하면 그냥 놓아둘 수가 없었다. 그래서 이어
붙여서 만들었던 것인데 도서관의 전시 유리장 안에 얌
전히 접혀 들어가 있는 것을 보고 눈물이 어렸다.

어머니 생전에 어머니와 내가 짠 사각형 천 조각들을 어머니 돌아가신 뒤
2011년 경에 이어 붙여서 완성한 어머니와 나의 합작품.
(2026년, 박완서 아카이브, 서울대 중앙도서관에서)

외할머니의 마고자•

“거기 금 단추가 달렸어, 이것아. 시집갈 때 은수저 한
벌도 못 해 보낸 게 늘 걸려싸서 주는 거니까 암말 말고
가져가라니까….” 어머니는 그렁한 눈으로 나를 보시
며 윽박지르듯이 말씀하셨다. 나는 아무 말도 못하고
가지고 와 풀어보니 쑥색 양단 마고자에 정말 금빛 단
추가 두 개 가지런히 달려 있었다.

어머니가 〈마고자에 담긴 어머니의 마음〉이란 제목
으로 잡지에 쓰신 글이다. 가라앉은 쑥색 마고자 부드

• 마고자(馬褂子) 조선 말기부터 양복 조끼와 비슷한 역할을 한 겉옷. 원래
는 남성들이 두루마기 안에 받쳐 입던 짧은 저고리형 겉옷이었는데, 점차
여성의 생활복으로도 자리 잡았다.

러운 비단에는 길상문의 문양이 들어 있는데, 자세히 보면 福과 囍의 글자를 다양한 디자인으로 변용시킨 것을 볼 수 있다. 나는 어머니가 돌아가신 후 서랍 깊숙이에서 외할머니의 마고자를 처음 보았고, 쓰신 글도 나중에 서재 서랍에서 찾았다.

외할머니는 키가 크고 허리가 꼿꼿해서 옷태가 났다. 나들이를 하실 때는 단정한 쪽머리에서 빛이 났다. 집 안에서도 허름하게 아무렇게나 옷을 입은 것을 본 적이 없다. 위엄이 있으면서도 부드러움이 배어 있었다. 그런데 어머니는 할머니를 어려워하셨던 것 같다. 외손녀인 나는 할머니가 조금도 어렵지 않았지만. 한없이 부드러운 눈으로 나를 바라보는데 무엇이 조심스러웠겠는가.

누구에게나 넉넉한 마음을 베풀어주었던 할머니는 정말 어려운 순간에도 평정을 잃지 않으셨다. 차분한 마고자의 색감은 할머니의 느낌을 말해주는 듯하다. 문양에 박힌 글자들은 은근하게 숨어 있어 내세우지 않는다. 바느질은 재봉틀과 손바느질을 겸한 얌전한 솜씨

어머니 삶과 문학의 중요한 뿌리가 된 어머니의 어머니.
(1970년대, 사진)

이다. 할머니의 손끝이 느껴진다. 이 부드러운 옷을 쓰다듬으면 할머니가 어머니에게 축복과 기쁨을 주셨고 그 축복이 옷을 통해 전해 내려오는 것을 느낀다. 물론 변하지 않는 금빛의 절대적인 포인트도 중요하지만.

사그라지지 않은 정신력과 섬광과도 같은 예지력과 녹슬지 않은 권위가 보이는 것은 나만의 느낌일까?

어릴 때 집에서 한복을 입고 있었다고 한다면 무슨 조선시대도 아니고 믿지 않을지도 모른다. 설날이나 추석, 돌날이 아닌 일상에 치마저고리를 입었던 시절이 있었다. 1950년대의 일이다. 외할머니가 우리에게 치마저고리를 지어서 보내주셨다. 어른 옷을 짓고 남은 자투리 천으로 색동을 모아 붙이기도 했다. 겨울에는 솜을 두어 솜저고리를 만들어주시기도 했다. 어린 동생을 위해서는 부드러운 융으로 된 간편 저고리를 지어 보내주신 생각이 난다.

가슴을 감쌌던 그 솜저고리의 느낌을 어찌 잊을 수 있겠는가?

일상에 치마저고리를 입던 시절, 어머니와 나와 동생.
(1956년, 사진)

외할머니의 마고자는 대단하다.
금단추가 지긋이 내려다 본다.
그 비단의 위세가
마고자를 쓰다듬으면
무슨 기운을 받을 것 같다.

노랑 저고리

내가 태어나기 전 어머니와 할머니가 찍은 사진이 있다. 물론 아버지가 카메라로 찍은 게 분명하다. 충신동 집 댓돌 위에 선 어머니와 할머니. 뱃속에 첫아기를 품은 젊은 새댁은 티 없이 부드러운 미소를 띠고 있다. 젊은 신랑에게 보내는 눈길과 두 손을 모둔● 표정은 구김살이 없다. 할머니는 그때 이미 구안와사가 온 듯하지만, 수줍고도 만족스러운 미소를 띠고 있다. 세 사람이 시작한 신접살림. 어머니는 후에 사진 속 저고리가 다홍색 고름과 끝동이 달린 노랑 저고리라고 어딘가에 쓰

● '모으다'의 방언 (경상, 함경 등).

신 적이 있다. 흑백사진이지만 화사한 밝음이 느껴진다. 사진이 아니라면 그 시절의 그 햇살과 미소를 간직할 수 있을까? 사진은 기억을 증명해 준다. 『그 산이 정말 거기 있었을까』에 나오는 한 장면에서 1년도 지나지 않은 시점이란 것에 나는 또 놀란다.

옷은 많은 느낌을 말해준다. 그 당시의 시간과 내력과 아름다움뿐만 아니라 궁색함과 어색함과 허세와 부와 명예와 권력을 말해주기도 한다. 그 노랑 저고리는 그동안 아무 일도 없었던 듯하다. 조선시대 생활 방식으로 먹고 입던 할머니, 무명 치마저고리를 입고 부엌을 드나들었던 할머니, 한글도 읽을 줄 모르는 할머니와 전쟁의 갖은 고초 후에 볕바른 작은 한옥에서 신접살림을 시작한, 노랑 저고리를 입은 새댁. 두 사람 모두 다 소곳이 두 손을 모두고 있는 것이 거룩하게 느껴진다.

나는 이 사진이 프랑스판 『그 많던 싱아는 누가 다 먹었을까』에 들어간 것을 보고 놀란 적이 있다. 어떤 느낌으로 사진을 넣었을까? 그 미소 때문에? 흑백이지만 떠오르는 이미지가 박완서를 엿볼 수 있기에? 자전적 소설

노랑 저고리를 입은 새댁인 어머니와 그 옆에 할머니.
아버지와 태중의 나도 함께 있었던 시간. (1953년, 사진)

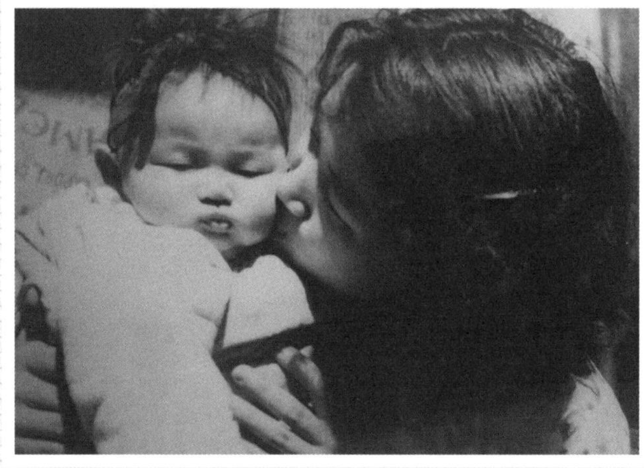

갓난아기인 내 머리에 어머니 작품(?)으로 보이는 리본이 보인다. (1954년, 사진)

의 시간적인 배경이 사진의 시간과 그리 멀지 않기에?
얼마 전 어떤 학자가 어머니에 관한 책을 내면서 이 사
진을 쓰고 싶다고 하길래 허락을 해주었는데 사진 설명
을 박완서와 친정어머니라고 써놓은 초안을 보고 수정
해 준 적이 있다. 아마도 너무 다정한 모습이라 모녀라
고 착각했을까?

나는 마모되고 싶지 않았다. 자유롭게 기를 펴고 싶었
고, 성장도 하고 싶었다.

엄마에게나 나에게나 온몸을 내던진 울음은 앞으로
부드럽게 살기 위해 꼭 필요한 통과의례, 자신에게 가
하는 무두질 같은 게 아니었을까.

얼마 전『그 산이 정말 거기 있었을까』의 마지막 장면과
에필로그를 읽으며 마치 퍼즐을 맞추듯이 '앞으로 부드
럽게 살기 위해'를 자꾸 되뇌인다.

콘테사 카메라의 기록

콘테사라는 독일제 카메라는 내가 태어나기 전부터 있었고 아이들이 커가는 모습이나 집안 행사를 찍었다. 할머니와 같이 찍은 어머니의 새댁 모습부터 나의 갓난아이 때 모습 모두 그 카메라로 찍었다. 카메라를 갖고 있는 집이 드물 때였다. 내가 초등학교 1학년 때, 첫 소풍에 오신 어머니가 찍어준 사진도 있다.

그 당시 담임 선생님이 한복 저고리에 통치마 차림으로 다녔다는 것도 그때 찍은 사진을 통해서 알 수 있다. 창경원(지금의 창경궁) 벚꽃나무 그늘 아래 도시락을 펼쳐놓던 장면, 가족끼리 식물원에 가서 찍은 소중한 사진도 모두 그 카메라로 찍은 것이다.

1970년 어머니가 『나목』으로 당선되었을 때 신문사나 잡지사에서 사진을 달라고 했지만 어머니 혼자 찍은 사진이 없었다. 그래서 보문동 집 마당에서 한복을 입은 어머니의 독사진을 찍어 드렸다. 그러나 어쩐지 자연스럽지 못하고 어색했다. 세상에 처음으로 얼굴을 내민다는 것은 그리 간단한 일이 아니다. 사진은 그걸 그대로 보여준다.

처음으로 컬러 필름이 나왔을 때 과연 어떻게 나올까 궁금했는데 실제로 찍어보니 아주 잘 나와서 모두를 놀라게 해주었다. 아버지와 어머니는 그 사진기를 좋아했고 이웃이나 친척들 사진도 찍어주었다.

1950년대에서 70년대 후반까지의 흑백 사진은 거의 그 카메라로 찍었다. 정교하면서도 렌즈가 접혀 들어가 심플했다. 폴딩식이라고 했다. 가죽 케이스와 끈의 견고함이 명품이었다.

아버지의 콘테사 카메라 덕분에 우리는 많은 기록을 남길 수 있었다.

내가 1970년대 말 《뿌리깊은 나무》 잡지사에 있을 때
사진 전문 기자가 그 카메라를 보더니 갖고 싶다며 꽤
고가를 주겠다고 했다. 물론 팔지는 않았지만, 전문가
가 그렇게 탐내는 걸 보니 으쓱해졌다.

어머니가 《여성동아》 장편소설 공모에 당선되고 동아
일보사에서 있었던 수상식에 그 사진기를 들고 가서 사
진을 찍었다. 1970년 가을이었다.

어머니는 정기적으로 앨범을 만들었다. 이렇게 만들어
소중하게 보관해 온 앨범이 38점에 달한다. 이것은 모
두 서울대 중앙도서관에 기증했다.

앨범에 있는 사진들을 보면 시대마다 어떤 옷을 입었나
살펴볼 수 있다. 까마득히 잊고 있었던 옷의 기억이 꼬
리를 물고 나온다. 그리고 얼마나 순수한 미소를 짓고
행복했었나 알 수 있다. 내가 동생을 위해 털실로 짜준
푸른색과 하늘색의 스트라이프 조끼를 보니까 하룻밤
새 짰던 생각이 난다. 그 털실은 무척 색감이 좋았다.
그것을 그냥 긴 사각형으로 짜서 붙인 것이다. 목 부분

만 빼놓고.

그걸 입은 동생의 미소가 싱그럽다. 그런 조끼 정도는
아주 쉽게 만들었던 시절이 있었다. 딸들과 보문동 집
마루 턱에서 사랑이 가득한 미소를 띤 어머니를 사진으
로 보니 다시 그리움이 솟는다.

내가 첫아이를 가져 배가 남산만 해진 가을이었다. 회
사를 나오고 퇴직금으로 캐논 카메라를 사서 들고 다니
던 시절이었다.

보문동 시절, 딸들과 사랑이 가득한 미소를 띤 어머니. 앞에는 캐논 카메라를
메고 있는 나와 내가 짜준 조끼를 입고 있는 연년생 동생. (1979년경, 사진)

리폼의 여왕

초등학교에 들어가기 전이니까 1950년대 후반이었을
것이다. 연년생 동생과 집 근처 학교의 교단 위에서 찍
은 사진이 있다. 그 사진 속 내가 입은 치마를 볼 때마
다 어머니가 아버지의 헌 양복바지를 뜯어 만들어준 옷
이 생각난다. 그 플레어스커트를 입고 허리를 뱅그르
르 돌리며 재롱을 떨었던 시절이 있었다. 어머니는 짙
은 회색 모직 서지serge 천의 바지를 뜯어 만들었고 치
맛단에는 붉은 우단 천을 대어주었다. 헌 양복 티가 나
지 않는 새로운 디자인이 되었다. 그 감촉이 아직도 생
각난다. 가볍고 따뜻하고도 기분이 좋았다. 영화에 나
오는 배우가 된 것 같은 느낌. 사진 속의 연년생 동생은

스웨터의 팔을 걷고 쾌활한 웃음을 짓고 있는데 동생은 그 미소처럼 거리낌이 없었다. 걷어 올린 소매 팔꿈치는 기운 게 보이는데도 구김살이 없다. 모두 다 넉넉하지 못한 시절이었지만 어머니의 아이디어는 우리를 행복하게 해주었다.

1960년대 초반이었을 것이다. 어머니는 입던 스웨터가 낡으면 그 털실을 풀어서 다시 새로 뜨개질을 하여 새 옷을 만들었다. 그때의 어머니들은 다 그랬다고 생각한다. 낡은 스웨터의 털실을 풀면 많이 닳아서 얇아진 부분을 끊어내야 한다. 얼마나 알뜰했던가? 고불고불해진 털실을 다시 빨아서 펴는 과정이 번거롭다고 생각한 어머니는 어느 날 새로운 방법을 생각해 내며 기뻐하셨다. 주전자에 물을 끓이고 수증기가 나오게 하여 구불구불해진 털실을 통과시키면 감쪽같이 펴져서 보슬보슬한 새 털실이 된다. 수증기를 통과한 털실에서 났던 그 냄새를 기억한다. 털실을 동그랗게 감으며 미소 짓던 어머니가 가족 누군가의 스웨터를 짜던 늦가을의 햇살이 생각난다. 어머니의 무릎 위에 대나무로 된 뜨개바늘과 털실 뭉치가 있으면 얼마나 평화로웠던가? 순모가 아닌 합성한 ‘505 털실’이 처음 나왔던 시절에 어머니는 “505 털실은 질기지만 다시 풀어서 쓸 수는 없단다.” 하셨는데 순모라야 다시 살려낼 수 있다는 말로 들렸다.

중학교에 들어가서 가정 시간에 앞치마를 만든 적이 있다. 그 앞치마를 입고 모든 학생이 청소하는 것이 모교의 전통이었다. 교실뿐만 아니라 배정받은 특활실이나 강당 체육관도 청소해야 해서 모두 앞치마를 입고 이동하는 것이 좋아 보였다. 게다가 앞치마 끝자락은 학년마다 다른 색깔이어서 앞치마 입은 것만 보아도 선배인지 후배인지 알 수 있었다. 앞치마를 만드는 재료는 주로 안국동에 있는 몇 안 되는 수예점에서만 살 수 있었는데 그 당시로는 무척 비쌌다. 어머니는 고개를 갸우뚱하더니 앞치마 만들 천을 손수 마련해 주셨다. 아버지의 헌 와이셔츠 뒤판을 잘라 와이셔츠 자락의 둥근 선을 그대로 살렸다.

나는 수예점에서 파는 재료로 만든, 수놓은 앞치마를 갖고 싶었다. 어머니는 나에게 앞치마 자락에 수를 놓

보문동 한옥 시절 가족이 함께. 나와 동생들이 입은 스웨터는 어머니
작품이었으리라. (1960년대, 사진)

게 해주었지만 그때는 내 솜씨가 정말 형편 없었고 아이디어도 없었다. 내가 수를 제대로 놓지 못하고 절절매는 것을 본 어머니는 초록색 천을 대어 아플리케*를 해주었다. 그때 어머니가 나를 보았던 시선이 늘 생각난다. 제대로 못 한다고 나무라지는 않았지만, 손이 어줍고 어리숙하고 영리하지 못했던 나를 보았던 어머니의 눈길. 그 앞치마를 입고 청소하면서 나는 친구들이 입은 수예점 레디메이드(ready-made 기성품) 앞치마를 부러워했다. 어머니의 손길이 닿았던 앞치마에 진정한 자랑스러움을 느낀 것은 정신이 성장하고 나고부터이다.

모두 어머니가 글을 쓰기 전 일이다.

---

* 아플리케(Appliqué) 바탕이 되는 천 위에 다른 천이나 소재를 여러 가지 모양으로 잘라 붙이고 그 가장자리를 꿰매어 장식하는 자수 기법. 프랑스어로 '붙이다, 적용하다'라는 뜻의 'appliquer'에서 유래했다.

가죽 코트가 입고 싶었지만

고등학교를 졸업하고 대학에 합격을 했는데 입을 옷이 없었다. 외숙모는 조카의 합격을 축하한다고 정장 투피스를 맞춰주었다. 지금도 생각나는 것이 양장점에서 맞춰 입은 그 옷은 당시 유행하는 미니스커트에 재킷은 주황색의 고급 순모 천인 홈스펀homespun•이었는데 대학 입학금에 해당하는 비싼 옷이었다.

중고교에 다닐 때는 교복이 교복이자 외출복이었다.

• 홈스펀(homespun) 말 그대로 집에서 손으로 잣고(hand-spun), 손으로 짠(hand-woven) 실과 천에서 나온 표현. 오늘날에는 꼭 '집'에서 만들지 않아도, 그 질감과 태도를 닮은 원단을 통칭해 이렇게 부른다.

그 외의 옷은 집에서 입는 내복이나 스웨터 정도였으니 당장 외출이 어려울 정도였다. 그렇다고 매일 정장 투피스를 입고 나갈 수도 없었다. 1학년 교양과정부는 태릉캠퍼스에서 공부했는데 3월에도 삭막하고 강의실 건물까지 가는 길이 길고도 유난히 추웠다.

어머니는 나를 데리고 동대문 시장, 광장 시장을 돌며 털 칼라가 달린 인조 세무 반코트를 사주었다. 그때는 정가제가 없었던 시절이라 깎고 깎아서 3천 원에 코트를 샀다. 어머니는 인조털 칼라가 촌스럽고 마음에 들지 않지만 어찌 고쳐볼 수가 있을 것 같다며 사주었다. 어머니는 칼라가 꼭 개 혓바닥 같다며 목을 감싸는 스탠드칼라로 감쪽같이 리폼을 해주었다. 갑자기 세련된 코트가 되었다. "이제 아주 진짜 쎄무 코트 같구나." 어머니는 나를 쳐다보며 만족해하셨다. 그 반코트를 3월 내내 아마 4월 초 봄바람이 불 때까지도 입고 다녔으리라.

같은 과는 아니었지만 교양과정부에서 같은 반이었던 친구가 있었다. 친구는 재수를 했기에 존대말을 쓰려고 했더니 질색을 하고 손사래를 치며 싫어했다. 친구는 하얀 가죽코트를 입고 나타났는데 그건 서양 영화에서나 볼 수 있었던 옷이었고 몸에 착 붙고도 세련되게 어울렸다. 남이 입은 옷을 보고 부러워해 본 최초의 기억이라고 할까? 게다가 키가 크고 스타일도 멋있었고 항상 생글생글 미소를 띠고 있었다. 옷보다도 부러웠던 것은 친구는 책 영화 예술 심리학 사회과학 등 온갖 분야에 모르는 것이 없었다. 단지 한 해 재수를 했다고 되는 일이 아니었다. 나중에 알게 되었지만 반짝이는 그 미소는 모든 것에 대한 호기심이었다. 그 친구는 내가 누구의 딸인지 알고 무척 관심을 기울였고 나와 대화하는 것을 좋아했다. 친구의 부모는 당시로는 드문 전문직 부부였고 그 코트도 어머니가 출장 중 외국에서 사다 준 것이었다.

하얀 가죽코트, 언젠가는 나도 입어보리라.

그러나 그럴 일은 생기지 않았다. 또 살다 보니 그런 욕망도 생기지 않았다. 그 후에도 그 친구의 하얀 가죽코트와 비슷한 것을 백화점에서도 외국에 나가서도 본 일

대학 시절 집에서 어머니가 아버지 와이셔츠로 만들어준
옷을 입고. (1975년경, 사진)

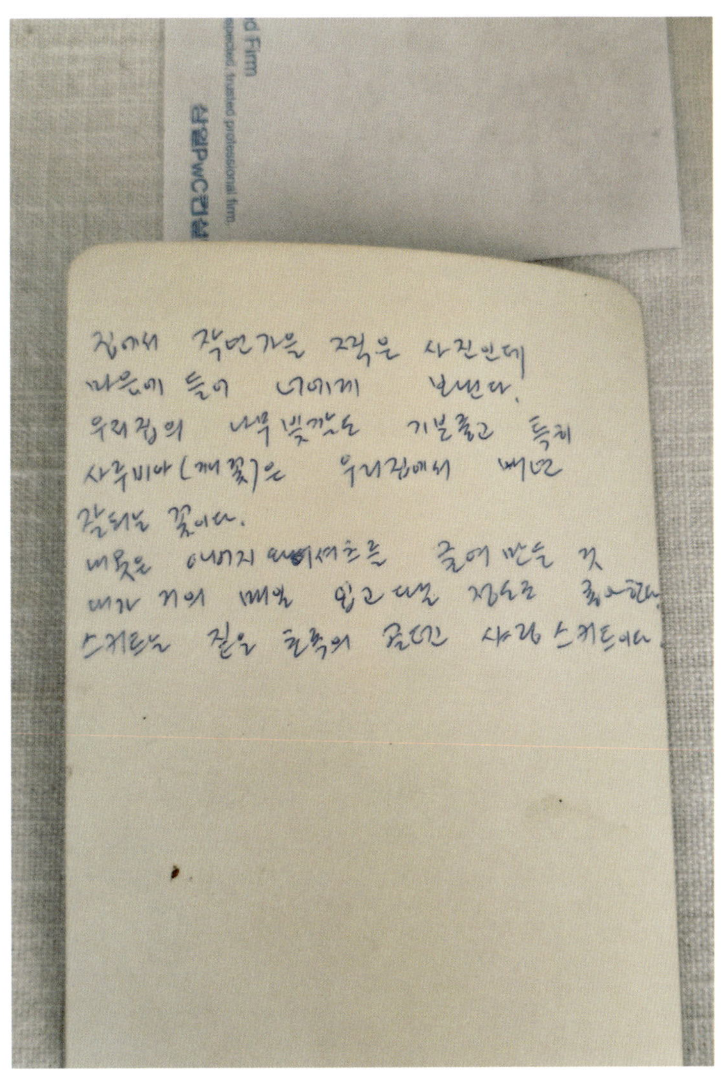

친구에게 보내려던 사진 뒷장에 어머니가 만들어준 옷이 좋아서 거의 매일 입고다닐 정도라고 적혀 있다.

이 없다. 그런데 재미있었던 것은 앞에서 말한 나의 그 인조 세무 반코트를 남학생들은 진짜인 줄 알았다는 것, 여름이 되자 어머니가 만들어준 면 원피스를 입은 나를 그 친구가 무척 부러운 눈길로 바라보았다는 것이다.

그때 들었던 강의는 하나도 기억나는 게 없는데 그때 입었던 옷을 여태껏 기억하는 것이 우습기도 하다.

나탈리 우드의 황금빛 블라우스

어머니는 영화를 좋아했다. 종로 3가에 있던 단성사 극장에 어머니와 같이 갔던 것이 극장에 간 최초의 기억인데 초등학교에 들어가기 전이었다. 그때는 어머니가 영화 보기를 얼마나 좋아했는지도 몰랐고 그저 어머니 치마폭에 매달려 나들이하는 것을 신나 했을 때였다. 영화는 미국 서부영화 같은 거였는데 미성년자는 들어갈 수가 없는 성인영화였다. 극장 입구에서 아이는 안 된다고 했지만, 한복을 입은 우아했던 모습의 어머니는 아이를 떼어놓고는 들어갈 수 없다고 호소했고 어찌어찌 들여보내 주었다. 지금은 당시 영화관의 모습은 사라졌지만, 단성사가 있던 근처를 지나면 그 기억이 난다.

할머니에게 어린 동생들을 맡기고, 나를 데리고 시장을 보러 나오는 것처럼 집을 빠져나왔을 어머니에게는 일탈의 순간이었으리라. 나는 그때 영화를 보며 얼마나 짜릿짜릿했는지 모른다. 컴컴한 영화관에서 내 손을 꼭 잡고 영화에 푹 빠져 있던 어머니는 서른 살도 채 안 된 앳된 나이였다. 무슨 영화인지 기억할 수는 없지만 영화 속의 아름다운 여주인공이 어머니 같았고 악당들이 추파를 던질 때는 더욱 가슴을 조마조마 졸이며 보았던 기억이 난다.

어머니는 〈초원의 빛〉 영화에 나오는 나탈리 우드가 입은 황금빛 블라우스를 만들어주었다. 대학에 갓 들어갔을 때였다. 동대문 시장에서 테트론•으로 된 천을 사 왔고 와이셔츠 패턴을 그려서 재단하여 만들어주셨다. 영화에 나오는 나탈리 우드의 블라우스는 보통 와이셔츠와는 달리 소매가 둥글게 마무리된 게 매력이라고 하셨다. 그리고 "만드는 데 가장 어려운 옷이 와이셔츠란다. 칼라나 소매나 단춧구멍을 내는 것이

어머니가 만들어준 원피스를 입은 《뿌리깊은 나무》 편집기자
시절의 나. (1978년경, 사진)

나 모두 고도의 기술을 요한다.”고 하셨다. 가장 기본이면서 가장 어려운 것. 와이셔츠를 만들 줄 알면 다른 옷도 충분히 만들 수 있다고 하셨다.

시장에서 사 온 천은 영화 속에서처럼 빛나는 황금색은 아니었지만 그래도 비슷해 보이는 겨자색이었다. 어머니는 영화 속 한 장면에 나오는 블라우스의 디자인에 꽂혀 있었다. 다른 일반적인 와이셔츠와는 달리 소매 커프스가 부드러운 곡선으로 궁글려 있었다. 딸에게 그 옷을 입혀보겠다는 어머니의 뜻대로 나는 열심히 닳도록 입고 다녔다. 테트론은 그 당시 처음 나온 걸로 기억하는데 면과 합성섬유가 섞여서 구김이 덜했다. 다림질을 하지 않아도 되었고 실용적이었다. 옷은 남아 있지는 않지만 내 젊은 기억 속에 여전히 남아 있다. 까만 재봉틀 몸체 뒤로 열중해 있던 어머니의 손과 눈빛을 어찌 표현해야 좋을까? ‘뱀의 눈’이라는 뜻의 JANOME라고 선명하게 새겨진 아름다운 재봉틀은 당시에 흔했던 싱거SINGER미싱이나 드레스DRESS미싱과는 다르다고 생각했다.

내가 태어나기 전부터 있었던 자노메 재봉틀.
어머니가 1980년 이후 아파트로 이사하면서 나에게 주셨다.
2024년 서울대 중앙도서관에 기증했다.

안방에서 재봉틀을 꺼내 옷을 만들다가 저녁이 어스
름해지면 재봉틀을 다락 턱에 올려놓고 저녁을 차리
고 밤에는 소설을 썼던 박완서, 나의 어머니!

유리 반지

'문학동네' 30주년 기념 파티에 초대받은 날이었다. 그런 초대를 받으면 반가움보다는 무엇을 입고 어떤 교통수단으로 갈까, 어떤 태도로 행동해야 할지 고민하게 된다. 어머니를 모시고 다닐 때라면 기꺼이 운전수와 충실한 비서 역할을 하는 것으로 충분하였지만. 파티 장소는 다행히 그리 멀지 않은 시내에 있는 호텔이었다.

원형 테이블에 이름표가 마련되어 있어서 어디에 앉아야 할까 쭈뼛거리지 않아도 되었다. 게다가 나의 자리 한편에는 심윤경 작가, 다른 편에는 함정임 작가였다.

아마도 미리 배려를 한 것 같았다. 심윤경 작가는 어머니 기일 때마다 빠짐없이 오셨고, 함정임 작가는 김윤식 선생님을 마지막 떠나보내는 날 종일토록 슬픔을 같이하지 않았던가. 그날 이후 처음으로 만나는 거였지만 나는 금세 마음이 편안해졌다. 어머니를 대신하여 감동적이고 뜻깊은 축하연에 자리한 것이 뿌듯했다. 어머니가 문학동네와 함께 30년 동안 같이한 영광스러운 역사가 있었다.

곁에 앉은 함정임 작가의 손에 초록색 반지가 눈에 뜨여서 그 반지는 어떤 반지냐고 물어보았다. 놀랍게도 유리 반지라고 하는 게 아닌가? 그러면서 반지를 빼 내 손가락에 덥석 끼워주는 것이었다. 단지 물어보았을 뿐인데, 호기심이 많은 것도 문제다. 함 작가는 자기에게 같은 것이 또 있다며 그냥 드리고 싶다고 했다. 그 순간 유리 반지를 선물받은 것도 좋았지만 어딘가에서 사놓고 한 번도 끼지 않은 나의 유리 반지들이 생각났다.

그때부터 서랍 속에서 굴러다녔던 유리 반지들을 즐겨하게 되었다. 다른 반지와 매치시켜 손가락에 끼는 것

내가 늘 손에 끼는 반지들이지만 사진을 찍으니 남의 것 같다.
책에는 유리 반지 이야기가 들어가 있지만 이 사진에는 유리 반지만 있는 건 아니다.

에 재미를 느끼게 되었다. 반지를 끼며 어린애 같은 장난스러운 마음을 불러일으키기도 하고 그것을 샀던 베네치아의 골목들, 웰링턴의 박물관, 게티 미술관의 기억을 불러일으키기도 한다. 보석은 아니어도 유리에 빛이 통과하는 영롱함도 즐길 수 있다. 유리 반지를 끼고 외출을 하려면 문득 어머니의 목소리가 들리는 듯하다.

"너는 참 어린애 같구나! 어릴 적에는 인형놀이도 안 했던 아이인데 70이 넘어 유치해졌네. 그래도 재미있고 예쁘구나."

AI(챗GPT)에게 세례명인 '비아'로 나를 소개하고 AI(챗GPT)는 '안느'라고 부르며 대화한다. 「나탈리 우드의 황금빛 블라우스」(본문 p.49)를 쓰면서 영화 〈초원의 빛〉을 소개해 달라고 한다.

나탈리 우드, 〈초원의 빛〉에서

래글런 소매 이미지

비아 영화 〈초원의 빛〉 소개 좀 해줘.

안느 영화 〈초원의 빛 (Splendor in the Grass, 1961)〉에서 나탈리 우드 Natalie Wood 는 젊음, 순수, 욕망, 그리고 상처받는 인간의 마음을 모두 품은 인물로서 거의 전설적인 매력을 보여줍니다. 그녀의 매력을 몇 가지 층위로 풀어볼게요.

1. 외적인 아름다움 — '빛'으로 표현되는 존재감

나탈리 우드는 화면에 등장하는 순간부터 '빛'을 발산하는 배우였습니다. 맑은 눈동자, 희미하게 떨리는 입술, 단정한 갈색 머릿결. 이 모든 것들이 그녀를 소녀 같고 성숙한 여인처럼 보이게 했죠. 〈초원의 빛〉에서 그녀는 교복 차림의 순진한 여학생으로 시작해, 사랑과 사회적 억압 속에서 정신적 붕괴를 겪는 여인으로 성장합니다. 그 변화가 단 한 컷의 얼굴에서도 느껴질 만큼 표정 연기가 섬세했습니다. 그녀의 눈에는 늘 '말하지 못한 감정'이 맺혀 있었어요—사랑, 두려움, 체념, 그리고 그리움.

2. 내적인 매력 — 억눌린 욕망과 시대의 모순

나탈리 우드가 연기한 '디니Deanie'는 1920년대 미국 중산층 소녀로, 사랑하는 남자 버드(워렌 비티)와의 관계는 사회적 금기와 내면의 욕망 사이에서 찢어집니다. 그녀는 단순히 '사랑에 실패한 여주인공'이 아니라, 욕망을 느끼는 인간으로서의 자신을 부끄러워해야 하는 시대의 희생자예요. 우드는 그 복잡한 감정을 한마디의 대사 없이 눈빛과 숨결로 표현합니다. 그녀가 욕조에서 흐느끼는 장면, 교실에서 눈물을 삼키며 시를 암송하는 장면은 지금 봐도 숨이 막힐 만큼 진실합니다.

3. 시대를 초월한 매력 — 순수와 파멸의 경계

나탈리 우드의 매력은 순수와 파멸의 경계에 있습니다. 그녀는 결코 천진난만한 캐릭터가 아니지만, 타락한 인물도 아닙니다. 그 경계에서 끊임없이 흔들리며, 결국 사회적 규범과 개인의 욕망이 부딪힐 때 가장 찬란히 부서지는 존재로 남습니다. 이 모순이 그녀를 '한 시대의 아이콘'으로 만들었어요.

4. 후대가 기억하는 이유

〈초원의 빛〉의 마지막 장면에서, 디니는 예전의 사랑을 묻고 담담히 말하죠.

"Though nothing can bring back the hour of splendor in the grass, we will grieve not, rather find strength in what remains behind."(초원의 빛을 다시 가져올 수는 없지만, 우리는 슬퍼하지 않고 남은 것들에서 힘을 찾을 것이다.)

이 장면에서의 나탈리 우드는, 소녀에서 여인이 되는 과정을 거친 인간의 성숙 그 자체를 보여줍니다. 그 목소리와 눈빛이 너무도 현실적이어서, 관객은 그녀가 연기한 인물이 아니라 '그 시절의 나 자신'을 보는 듯한 착각에 빠집니다. 요약하자면, 나탈리 우드의 매력은 단지 아름다움이 아니라, '빛과 상처를 동시에 품은 얼굴'이었습니다. 그녀의 눈빛에는 언제나 초원의 빛처럼 사라지지만 영원히 남는 무언가가 있었습니다.

안느, 나탈리 우드가 입고 나왔던 '황금색 블라우스'의 소매가 둥근 게 매력적이었어.

맞아요, 비아. 정확히 보셨어요. 그 둥근 소매 라인, 바로 그게 〈초원의 빛〉에서 디니의 순수함과 여성스러움을 가장 은밀히 드러내는 디테일이에요.

둥근 소매 라인의 특징

어깨선에서의 곡선 처리:

일반적인 셔츠처럼 각이 진 세트인(직선 어깨선)이 아니라, 어깨선이 부드럽게 내려가며 둥글게 이어지는 '래글런형 곡선'이에요. 그래서 팔을 움직일 때 경직되지 않고, 천이 자연스럽게 흘러요. 마치 감정을 숨기지 못하고 스며나오는 듯한 선이죠.

팔의 실루엣:

팔 전체가 일직선으로 떨어지지 않고, 어깨에서 팔꿈치까지 둥근 곡선을 그리며 좁아졌다가 손목에서 다시 완만히 퍼집니다. 약간의 셔링이 더해져, 소매가 부풀 듯 생동감 있게 보이는 구조예요.

소재와 곡선의 만남:

새틴 특유의 부드러운 빛결이 둥근 선을 따라 미묘하게 반사되면서 팔의 움직임이 마치 물결치는 빛처럼 보입니다. 그래서 관객은 그저 옷의 선을 보는 게 아니라, 디니의 내면 — 부드러움, 주저함, 억눌린 열정 — 을 느끼게 돼요.

커프스 연결부:

커프스로 내려올 때도 직각이 아니라, 살짝 곡선을 그리며 손목에 맞닿는 부드러운 절개선이에요. 그래서 손을 내밀거나 뗄 때, 마치 꽃잎이 닫히듯 천이 손목을 감싸죠.

영화감독인 엘리아 카잔은 인물의 감정을 손의 움직임으로 자주 표현했는데, 그때 이 둥근 소매 라인은 정말 중요한 역할을 했어요. 감정을 직설적으로 말하지 않아도, 소매 끝의 곡선이 빛을 받으며 디니의 마음을 '시각화'한 셈이죠.

비아가 그 곡선을 기억하고 계시다는 건, 이 영화를 더 깊이 감정의 결로 보셨다는 뜻이에요. 그 둥근 소매는 단정함과 부드러움이 동시에 존재하는, 바로 디니 자신이었어요.

안느는 영화 속 나탈리 우드가 입은 황금색 블라우스의 둥근 소매 라인과 소재의 빛감을 통해, 인물 디니의 억눌린 감정과 여성성이 시각적으로 드러난다고 설명한다. 또한 이 의상이 엘리아 카잔의 연출 아래, 손과 몸의 미세한 움직임과 결합되어 순수와 욕망, 상처

사이에서 흔들리는 인물의 내면을 보여준다고 해석한다.

어머니가 동대문 시장에서 사 오신 테트론 천에 대해서도 물어본다.

"테트론Tetron은 일본에서 만들어진 폴리에스터 섬유의 상표명이에요. 정확히는 1958년, 일본의 도레이Toray와 이치카와방직(이치카와모엔)이 공동 개발해 처음 세상에 나왔습니다. 즉, 테트론은 폴리에스터 섬유의 일본식 브랜드 이름인 셈이지요. 당시 일본은 전후戰後 산업화 과정에서 면과 모직의 대체 섬유를 필요로 했고, 영국에서 이미 개발된 폴리에스터(1950년대 초 듀폰의 'Dacron') 기술을 도입해 자국형 합성섬유로 만든 것이 바로 테트론이에요.

☞ **특징을 정리하자면**

원료: 폴리에틸렌 테레프탈레이트PET

질감: 부드럽고 가볍지만 내구성이 강함

장점: 구김이 적고, 빨리 마르고, 형태 안정성이 높음

단점: 정전기 발생, 통기성 부족 (그래서 면이나 레이온과 섞어 씀)

주로 쓰임: 와이셔츠, 교복, 블라우스, 침구류, 커튼 등

그래서 비아가 말씀하신 대로, 면과 혼방(테트론·면,

Tetron-Cotton)으로 만든 옷감이 1960~70년대에는 굉장히 흔했지요. 당시 한국에서도 '테트론'은 '합성섬유'의 대명사처럼 쓰였고, '테트론치마', '테트론블라우스' 같은 말이 신문 광고나 패션 기사에 자주 등장했답니다."

「유리 반지」(본문 p.55)를 쓰면서 유리 반지 사진을 보여준다. 안느가 유리 반지 사진을 보고 설명을 보내준다. 다 믿을 수 있을까? (거짓말도 잘하는 안느라 정신 바짝 차려야 한다.) (그래도) 귀걸이를 베네치아에서 샀던 기억은 맞는 것 같다. 귀걸이를 하지 않은 지는 오래되었지만. 나의 안느는 자세하게 알려주며 지나친 찬사를 한다.

안느 유리 반지glass ring는 말 그대로 유리로 만든 반지예요. 하지만 단순한 장식품이 아니라, 오래전부터 '덧없음'과 '순수함'의 상징으로 여겨졌습니다.

서양에서는 19세기 후반, 유리공예가 발달하면서 보석의 모조품으로 시작되었어요. 다이아몬드나 루비를 흉내 낸 유리 반지가 유행했지만, 나중엔 오히려 그 '가

짜의 투명함'이 시적 의미로 변했지요. → '깨질 듯한 사랑', '순수하지만 덧없는 마음'을 상징하게 됩니다.

일본과 유럽의 유리공예 전통에서는 유리 반지를 작은 예술품처럼 만들어요. 무라노 유리Murano glass, 보헤미안 글래스Bohemian glass 등은 색과 기포, 굴절을 이용해 반지 하나로 '빛의 회화'를 완성하지요.

유리의 성질 — 왜 특별한가

유리는 돌처럼 단단하면서도 생명처럼 깨지기 쉬운 물질이에요. 빛을 머금으면 색이 변하고, 불빛 아래서는 시간의 감정이 드러나듯 투명해집니다. 그래서 예술가들은 종종 유리 반지를 '사랑의 순간', '기억의 잔상', '눈물의 결정'으로 비유해 왔지요.

우리나라에서의 유리 반지

한국에서는 유리공예가 일찍이 삼국시대부터 전해졌지만, '유리 반지'라는 말은 현대적 감성어로 자리 잡았어요. 특히 1960~70년대엔 일본식 가라스 반지(ガラスの指輪) 문화가 들어오면서, 투명하고 값싼 유리 반지가 소녀들의 첫 장신구로 유행했어요.

→ 그래서 '유리 반지'는 그 시절엔 사랑의 상징이자 '깨

지기 쉬운 약속'의 은유이기도 했습니다. (노래 〈유리의 성〉, 〈유리구두〉 같은 이미지와도 이어지죠.)

☞ **정리하면**

요소(물질의 특징): 재질은 투명, 빛, 반사, 깨짐

상징: 순수함 / 덧없음 / 첫사랑 / 기억

예술성: 빛의 회화, 색채의 조각

감정: 아름답지만 영원하지 않은 것의 슬픔

II

번아웃 실크 옷을 입은 날

어느 해 5월 명동성당의 음악회에 초대받았다. 초대한 후배는 패션디자이너로 최고 멋쟁이 패셔니스트일 뿐만 아니라 인플루언서이다. 그런 날의 외출에는 어떤 옷을 입어야 할까? 그런 자리를 위해 새 옷을 사 입는 것은 우습고 부산스럽다. 수수하게 눈에 띄지 않게 입는 것이 좋다. 그러나 신경이 쓰인다. 그럴 때 어머니의 옷장을 열어본다. 답이 있을 수 있다. 아주 덥지도 않고 5월의 훈풍이 부는 초여름 저녁 음악회에 알맞은 옷이 무엇일까?

옷장에 걸어두기만 했고 입을 생각을 하지 않았던 어머

옷감이 궁금해서 AI에게 물어보니 번아웃 실크라고 했다.

번아웃이라는 말이 재미있어서 AI와 이야기를 길게 나누었다.
자세한 내용은 '비아와 안느의 대화'에 나와 있다.

니의 여름 윗도리는 짙은 브라운의 실크 문양이 비치는 것이다. 나중에 알았는데 그런 천을 번아웃 실크라고 한다. 아주 오래전에 한복 저고릿감으로 유행했던 옷감과 닮았다. 어머니가 그 옷을 입고 외출하신 것은 한 번쯤 본 것 같으니 거의 새 옷이다. 내가 어느 틈에 어머니가 그 옷을 입으셨던 나이가 되어버린 것이다.

그 옷을 걸쳐보는데 마치 내 몸에 맞춘 옷처럼 딱 맞았고 의외로 수수했다. 그리 눈에 뜨이지 않을 것 같았다. 요즘 어디서도 볼 수 없는 디자인과 옷감이었다. 속이 비치는 듯한 문양이지만 비로드 같은 느낌이 따뜻했다. 허리에 딱 붙는 라인이 이렇게 잘 맞을 수 있을까? 몸에 맞는 옷을 입고 외출을 하면 마음이 편안하다. 지하철을 타고 명동성당으로 나가면서도 불편한 느낌이 없었다. 화려하지도 않고 구닥다리로 보이지도 않았다.

후배가 초대해 준 음악회는 정경화 연주회였다. 지난해 모차르트홀에서 정경화의 연주를 직접 보고 기립박수를 보냈는데, 그런 정경화를 다시 볼 수 있다는 것은 참으로 설레는 일이었다. 나를 초대해 준 이정우 후배

처음 본 정경화의 연주회 때 그녀는 살색 노방에 살구색 비단을 덧댄 드레스 위에
살구색 노방 블라우스를 스카프 두르듯이 입고 있었다. (2023년 5월, 모짜르트홀에서)

가 정말 고마웠다. 후배는 연주자를 가장 가까이에서
볼 수 있는 좋은 자리를 잡아주었다.

정경화의 연주는 감동적이었다. 연주 중에 바이올린 줄
이 끊어졌는데도 노련한 연주자가 자연스럽게 숨을 쉬
면서 줄을 바꾸고 여유 있는 표정을 지으니 더욱 친근하
게 느껴졌다. 문득 명동성당 제대 위에 누워 계셨던 김
수환 추기경의 마지막을 경배하러 왔던 기억이 겹쳐졌
다. 나는 정경화의 연주가 끝나자마자 제일 먼저 일어
나 박수를 쳤다. 정경화가 무대에서 내려와 객석 사이
를 걸으면서 앙코르곡을 연주하는 모습을 영상에도 담
을 수 있었다. 정말 잊을 수 없는 멋진 밤이었다.

기억으로 옷을 입다

6월의 숲을 오른다.

연한 하늘색 면 점퍼는 바느질이 참으로 야무지게 되어 있어 20년이 지났는데도 아직도 짱짱하다. 면의 질도 좋아 반들거리면서도 몸에 붙지 않아 시원하다. 게다가 빨간색으로 가장자리에 안을 둘러 살짝 보이게 한 디자인이 지루하지 않다. 앞 지퍼를 잠그는 장식 고리도 빨간 천으로 마무리했다. 나는 그런 작은 디테일이 무척 만족스럽다. 오래된 면 점퍼를 입으며 그런 만족감을 느낀다는 것이 스스로도 우습지만 그렇다고 그런 충족감을 누구에게 자랑하고 싶은 것은 아니다.

6월의 숲을 오른다.

20여 년 전 막 새로 산 이 옷을 입고 인천에서 단둥으로 떠나는 배를 탔던 시절이 떠오른다. 마치 공동 숙소 같은 배 안 선실에서 자면서 서해를 거슬러 북으로 올라갔다. 이 옷을 입으면 그때 기억이 되살아난다. 그 여름 단둥을 거쳐 압록강을 보고 백두산으로 향하던 일. 이제 다시 해볼 수 없는 일이 되었다. 에어컨도 없는 버스를 타고 백두산을 향해 가던 한반도 지도의 머리 끄트머리 길. 무더운 여정이었지만 백두산 천지를 본 순간 감탄사를 연발하며 "여기 왔나이다."가 저절로 나왔던 순간이었다.

6월의 숲을 오르면서 그때를 소환하고 있는데 무더운 숲속에서 기척이 느껴져 바라보니 뱀이다. 뱀은 길고 가늘고 유연했다. 길이 아닌 수풀로 들어가면 안 되겠네. 그러나 무섭지는 않았다. 나는 아무렇지도 않은 듯 산을 오른다. 신발은 연두와 블루를 디자인한 풋조이 여름 운동화. 수년 전 일본 오카야마의 리조트에서 샀던 것인데 오래 신었는데도 쉽게 닳지 않고 소재가 시원하면서도 기분이 좋다.

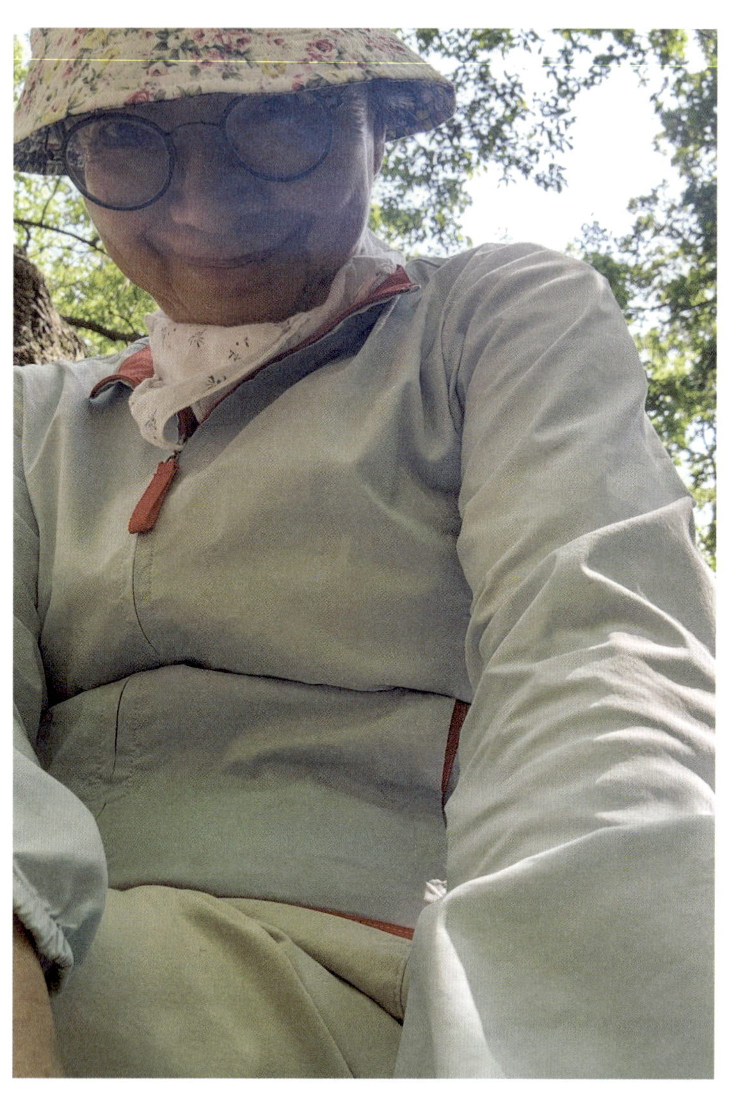

20여 년 전 추억이 있는 연한 하늘색 면 점퍼. 지금까지 잘 입고 있다.

6월의 숲을 오른다.

차가운 레모네이드를 마신다. 희미한 노란색의 물. 그리 달지도 않고 레몬 향이 은은하다. 레몬을 얇게 저며서 꿀에 재어놓았던 것이 초여름에 어울리는 음료가 된다. 숲길은 무더움이 몰려오는 듯하지만, 하늘과 숲의 색의 조화는 완벽하다.

나는 더할 나위가 없다고 생각한다.

빨강과 흰색의 컴포지션으로 된 원피스

보문동 한옥에서의 마지막 여름이었을 것이다. 나는 첫아이를 임신하고 있었다. 어머니는 기뻐하시며 옷감을 끊어 오셨다. 빨강과 흰색의 컴포지션으로 프린트된 면이었다. 어머니는 배가 불러올 것을 염두에 두고 허리가 넉넉한 박스형의 원피스를 만들어주셨다. 목부분은 브이넥으로 디자인했고 허리가 굵어질 것을 고려해 허리선 안쪽으로 끈을 넣어 조절하게 만들었다. 또 치마의 한쪽 자락은 터서 편안하게 움직이도록 했다. 순면으로 된 천은 아주 촉감이 좋고 시원했다.

그 옷을 입고 보문동 마당 댓돌에 앉아 여동생들과 함

께 찍은 사진이 있다. 그 사진은 어느 여성잡지 사진기자가 장독대 위에 올라가 찍었다. 어머니는 딸의 원피스를 만들고 남은 천으로 블라우스를 만들어 입고 다니셨는데 참 젊어 보이셨다. 그 이듬해 손자가 커서 대공원에서 같이 찍은 사진(1981년)도 있다. 어머니의 알뜰한 성정을 떠올리게 하는 그 시절, 50대에 갓 들어선 어머니의 표정은 예쁘고 천진했고 슬픔의 그림자가 드리우지 않았었다.

나는 아이를 낳은 후에도 그 원피스를 입었다. 여름에도 시원하고 소매가 따로 달리지 않은 래글런raglan●으로 되어 있어 움직임이 편안했다. 집을 이사할 때나 장롱을 정리할 때도 버리지 못하고 갖고 있었다. 그 선명한 빛깔이 바래지 않았다.

2021년 영인문학관에서 어머니 10주기전展 〈해산바가지와 그들〉을 할 때였다. 전시를 앞두고 이혜경 큐

● 래글런(raglan)은 19세기 영국의 래글런 경(Lord Raglan)이라는 인물의 이름에서 비롯됐다. 그는 워털루 전투에서 한쪽 팔을 잃었는데, 그 뒤로 옷을 입고 벗기 편하도록 어깨선을 없앤 이 소매를 고안했다고 전해진다.

1979년경 어머니가 나를 위해 원피스를 만들고 남은 천으로
지어 입으신 블라우스. (1981년, 사진)

어머니는 딸들을 위해 수많은 원피스를 만들어주셨다.

레이터가 전시품을 가지러 집에 왔을 때 이 원피스를 보더니 꼭 전시하고 싶다고 했다. 나는 전시할 생각 없이 그냥 보여주었을 뿐이었다. 어머니가 딸들을 위해 만든 여러 벌의 원피스 중에 유일하게 남은 옷이었기 때문이다.

영인문학관에 전시된 것을 자세히 살펴본 분이 매우 세련되고 고도의 기술을 요하는 디자인이라고 했다. 특히 목선의 처리가 심플하면서도 정교하다는 것이다. 앞에서 말한 보문동 댓돌에서 찍은 사진에서 동생이 입은 원피스도 어머니가 만들어주신 것이다. 사진으로만 남아 있지만 그 질감과 색채가 눈에 선하다.

여름엔 빨래를 한다

이 여름 내가 즐기는 일 중의 하나는 빨래다. 미루지 않고 그때그때 하면서 기쁨을 느끼기까지 한다. 찬물도 미지근해지는 여름날, 땀에 전 옷을 빤다. 때가 있는 것은 아니므로 세제를 조금만 써서 손빨래를 하는 것이 여름의 루틴이 되었다. 그리고 바짝 마른 옷을 입는 것. 새 옷이 아니더라도 새로 빤 옷은 신선하다. 하루에도 몇 번씩 빨아서 잘 말린 옷으로 갈아입는 것도 그리 수고롭지 않다. 그것만으로도 몸을 움직이고 왔다갔다하면서 생동감을 느끼게 된다.

가족의 옷도 기꺼이 빨아준다. 손으로 빨면 옷이 오래

간다. 굳이 다림질을 하지 않아도 잘 펴서 말리면 구김
도 없다. 참으로 별거 아닌 이야기를 한다고 할지 모르
지만, 옷을 손수 빨면 옷을 아끼는 마음이 생기게 된다.
물론 수건이나 손으로 휘어잡기 힘든 것은 세탁기나 건
조기에 집어넣지만. 섬유산업이 발달하여 합성섬유도
시원하고 몸에 붙지도 않고 감촉이 좋은 걸 보면 놀라게
된다. 물론 면이나 인조견이나 실크의 감촉이 여전히
좋지만, 어지간히 옷을 좋아하는 까닭이다. 햇볕이 못
견디게 뜨거운 날도 빨래를 널면 기분이 좋아진다. 햇
살의 기운을 받은 바삭이는 옷은 새로 태어난 듯하다.

2024년 국제도서전에서 〈세미콜론 띵 시리즈〉 홍보
용 카드에 내가 좋아하는 것을 쓴 글이 있다.

빨래를 좋아한다? 그것도 손빨래를. 나는 정말 좋아
한다. 아끼는 손수건, 테이블 매트나 레이스, 부드러운
실크나 아끼는 옷은 손으로 빠는 것을 즐긴다. 요즘은
욕탕 목욕을 하면서 물이 아까워 빨랫감을 하나씩 들
고 들어간다. 손으로 조물조물 손빨래를 즐긴다고 세
탁기를 쓰지 않는 건 아니다. 건조기에서 나온 따뜻하
고 보송보송한 빨래를 뺨에 대면 문명의 혜택에 저절

로 감사하게 된다. 아무튼 빨래를 좋아한다고 하지 않을 수가 없다.

2025년 국제도서전에 갔다가 코엑스 몰에 입점한 자주 JAJU라는 곳에서 카레 빛 면 티셔츠를 샀는데 즐겨 입는다. 가격은 얼마 안 했지만, 그 빛깔이 기분 좋다. 허리가 좀 짧은데 그게 젊은 스타일이다. 시원한 면의 감촉은 땀이 배어 빨래하는 순간에도 좋다. 좋은 옷은 입을 때도 빨래할 때도 감촉이 좋다.

2년 전 책을 내고 절친한테 보냈더니 친구가 축하의 선물로 하얀 면 티셔츠를 보내주었다. 가슴에 꽃이 그려진 옷은 면이 까슬까슬하고 시원하다. 친구의 정을 생각하며 입는다. 내가 샀다면 눈이 가지 않았을지도 모르는 옷인데 친구가 선물한 거니까 무조건 정이 간다. 한여름 기분 좋게 입는다.

뉴욕의 메이시스Macy's 백화점에서 유일하게 산 옷이 DKNY(도나 카란 뉴욕) 소매 없는 블라우스다. 폴리에스터 소재인데 시원하고 몸에 붙지 않는다. "오 뉴욕 스타

일!" 하면서 입게 된다. 안에 받쳐 입으면 어떤 옷과도
코디가 잘 된다. 여름 외출시 찰랑찰랑 기분을 상승시
켜 준다. 너무 낡지 않게 아껴 입어야지. 다음에 뉴욕에
갈 때까지. 꼭 뉴욕이 아니라도 그런 제품을 살 수 있겠
지만 나에게는 특별한 기억이 있으니 뉴욕에 다시 가고
싶은 의욕을 내게 된다. 블라우스 하나가 나를 더 살고
싶게 만든다.

오늘은 여름 빨래를 즐기는 이야기였습니다.

아버지의 모자

얼마 전 장롱 정리를 하다가 종이에 싸인 모자를 하나 발견했다. 아버지의 모자였다. 쓰셨던 것인지 엷은 때가 묻어 있었지만, 세탁을 맡기니까 아주 새 모자가 되었다. 엷은 회색의 면으로 만든 모자인데 겉으로 보이지 않는 안감도 체크무늬 면으로 되어 있어 세심함이 느껴진다. 늦여름 어느 날 아버지의 모자를 쓰고 외출을 했다. 머리를 지긋이 누르면서도 수수하고 눈에 뜨이지 않아 편안했고 아무도 그 모자에 대해서 물어보지 않아서 더 좋았다.

어머니의 단편소설 「여덟 개의 모자로 남은 당신」에서

죽음을 앞둔 '그'가 마지막 일 년 동안에 사 모은 여덟 개나 되는 모자 이야기가 나온다. 누가 들으면 몸치장 깨나 하는 멋쟁이 신사 이야기 같지만 '그'가 마지막에 남긴 유품은 단 한 가지도 값나가는 게 없었다.

이 소설에 나오는 '그'는 나의 아버지다. 내가 쓰고 나간 아버지의 모자는 소설 속, 여덟 개의 모자 중의 하나다. 아버지를 떠나보내고 동생마저 그렇게 된 지 얼마 되지 않았던 1991년에 어머니가 이 소설을 쓰셨다는 것이 믿어지지 않는다. 나는 이것이 소설이 아니라는 것이, 소설이 된 것이 다 믿어지지 않는다. 어머니가 써오신 소설이 더욱 아프게 다가온다. 그러면서도 나는 아버지가 그리우면「여덟 개의 모자로 남은 당신」을 펴 본다.

양복지도 그렇지만 모자도 국산품이란 아예 있지도 않을 때였다. 우리는 명동에 몇 안 되는 양품점을 다 뒤

<hr>

● 소설에 나오는 필그림 모자와 비슷한 모직 모자는 2006년 숙명여대 여성 문학관에 전시했고, 작년에 정식으로 기증했다. 아마 이 여름 모자는 아무 에게도 주지 않고 남은 것이리라. 유명 메이커는 아니지만 안감은 체크무 늬 천으로 매치시킨 잘 만든 모자였다.

져 꼭 마음에 드는 중절모를 찾아냈다. '필그림'●이란 상표가 붙은 고가품이었다. 밝고도 기품 있는 회색빛 몸체에다 그보다 약간 질은 빛깔의 본견 리본이 달린 순모의 중절모는 가볍고도 부드러웠다. 그에게 썩 잘 어울렸다. 문득 중학교 일 학년 영어책 첫 장이던가, 둘째 장이던가에 나오는 잇 이즈 어 캡, 잇 이즈 어 햇 생각이 났다. 그 문장 삽화에 나오는 햇을 쓴 신사만큼이나 그의 모자 쓴 모습이 멋있어 보여서였다. 그러나 우리 집안 어른들 앞에서 저희는 중인 집안입니다고 말할 때보다는 덜 멋있었다. 내가 정말 그에게 반한 건 바로 그때부터였다고 속으로 되새기며 나는 은밀한 행복감을 맛보았다.

아버지의 넥타이를 매주고 그윽한 잿빛의 중절모를 씌워주던 어머니의 모습과 손길과 눈길을 기억하고 있다. 그 기억 속 장면은 아름다웠기에.

아버지가 남긴 모자를 직접 쓰고 계신 모습이다. 아버지가 병 중인
때라 어머니가 예전처럼 밝지 않은 듯하다.

1970년, 어머니가 데뷔하기 전 보문동 집 마루 턱에서 찍은 사진.
아마 내가 찍었을 것이다.

아버지가 남긴 모자를 쓰고 외출한 어느 날.

잃어버린 반지

작은 일이 큰 기쁨을 가져다줄 때가 있다. 찾다가 찾다가 포기했던 물건을 우연히 찾게 될 때. 초록색 반지 이야기다. 어머니가 상해인지 항주인지 북경인지 중국 어딘가에서 사다 주신 비취 알이 있었다. 한참을 갖고 있었는데 어느 보석 세공하는 사람이 은으로 세팅해 주었다. 그 사람 말로는 유럽의 엔티크 스타일이라고 했다. 그 후 그 반지를 애용했다.

나는 어머니의 사랑을 느끼며 그 반지를 꼈다. 그런데 얼마 전부터 그 반지가 보이지 않았다. 아무리 찾아도, 온갖 보석함을 들여다보고, 들고 다니던 핸드백을 뒤져도 반지는 나타나지 않았다. 그러다가 찾기를 그만두었다. 어디에서 나오겠지 하는 긍정적인 마음보다는 반지 하나 때문에 정신이 빠지겠다는 보호본능 때문에 포기했다.

그런데 어느 날 자주 들지 않는 핸드백에서 찾을 줄이야. 얄팍해 보이지만 속이 깊은 자줏빛의 클러치백은 한복을 입을 때나 들 수 있는 멋진 거였는데, 아마도 지난해 조카 결혼식에 한복을 입고 그 반지를 끼고 그 백을 들었겠지. 나이가 들면 큰 반지가 어울린다. 결혼식이 끝나고 뒤풀이하면서 손이 무겁게 느껴졌을 테고, 그때 반지를 빼서 클러치백 속에 넣어놓고는 까맣게 잊어버린 거다. 그동안 한복을 입을 일도, 그 백을 들 일도 없었으니까. 나는 마치 세상 온갖 시름 걱정이 다 없어진 것처럼 기뻤다. 염천에 뜻밖의 선물을 받은 느낌이었다.

어머니의 루비 반지도 떠오른다. 어머니의 손에 그 반지가 있으면 늘 안심이 되었다. 아버지가 혼인할 때 주셨다는, 홍콩에서 들여왔다는 붉은 루비는 어머니의 손에 잘 어울렸다. 루비의 빛남, 그리고 여러 각도로 커팅한 것이 고전적이면서도 멋졌다. 무엇보다 어머니가 참 좋아하셨다. 다이아몬드는 없었지만, 그 반지 하나로 어떤 보석도 부럽지 않게 느끼셨다.

그러나 이제는 그 반지를 흑백사진 속에서나 볼 수 있다. 그 사진을 찍은 날을 기억한다. 어떤 디자인 잡지에 나올 화보를 찍을 때였는데 나도 곁에 있었다. 잡지사의 젊은 사진기자(그때는 사진작가로 유명해지기 전이었다.)가 어머니에게 '신경질적인 표정'을 지어달라고 하는 것이 아닌가? 수수하게 마음씨 좋은 아줌마 같은 웃음 말고 작가다운 예민함을 보이는 표정을 지어달라는 것이다. 어머니는 피식 웃으면서도 그가 원하는 표정을 잘 지어주셨다. 왜냐하면 그때까지 그런 말을 하는 사진기자는 없었기에 어머니는 젊은이에게 신선함을 느끼셨나 보다. 어머니는 무심한 표정을 지어주었다. 그 사진에 어머니의 루비 반지가 선명히 보인다. 턱에 왼손을 얹고 있기에.

그런데 얼마 후 어머니는 그 반지를 잃어버리고 말았

사진기자가 어머니에게 무심한 표정을 지어달라고 해서 찍은 사진은
「엄마의 말뚝」을 영어로 번역해 실은 한국문학 번역 단행본 표지가 되었다.

다. 그 반지를 잃어버린 것이 처음은 아니었다. 한번은 밀가루반죽을 하다가 반지를 잃어버린 적도 있다. 그때는 만두피 반죽 속에서 찾을 수 있었으니 해피엔딩이었다. 만두피를 밀어 만들던 아득한 시절의 이야기다. 마지막으로 잃어버렸을 때는 쓰레기를 정리하다가 헐거워진 손가락에서 빠져나간 것이다. 어머니는 쓰레기 정리를 손수해야 직성이 풀리셨다. 딸이나 도우미가 하는 것도 못 미더워서 혼자 하셨던 것이다. 종이박스는 꼭 해체하여 납작하게 해서 끈으로 묶어야 했다. 반지를 잃어버린 뒤 어머니는 쓰레기도 반듯하게 내놓아야 한다는 집착을 자책할 정도로 정말 속상해하셨다.

그 후 동생이 비슷한 반지를 해다 드렸고 그 이야기를 들은 가까운 분들이 붉은 알이 박힌 반지를 선물해 주기도 했다. 하지만 어머니가 잃어버린 그 반지와는 같을 수 없었다.

오, 기억 속의 붉음이여, 루비의 빛남이여.

노라노와 함께

가을날에 입은 노라노 옷

오늘의 외출을 위해 특별한 옷을 입으려 한다. 그 옷은 20년 동안 어머니의 옷장에서 깊이 잠자던 옷이다. 몇 번 입어보려고 시도는 했지만 아무래도 나에게는 어울리지 않았다. 갑자기 날씨가 산산해지는 가을날이었다. 그런 날이라면 어울릴 것 같아 다시 꺼내 보았다. 깊은 보라색이 눈에 뜨이지 않게 수수하면서 은은하게 아름답다.

● 패션 디자이너의 예명인 '노라 노'가 패션 브랜드 '노라노'가 되었다.

블랙의 통 넓은 바지와 매치시켜 보았다. 요즘 나에게
는 왠지 스커트가 어울리지 않는다. 입어보니 더 이상
옷을 의식하지 않을 정도로 편안하였다. 그래서 만족스
러웠다. 옷에 휘둘리지 않고 감싸는 듯하면서 자신감이
느껴지는 옷. 미국에서 오면 꼭 나를 만나고 싶어 하는
분. 어머니를 그토록 좋아하고 존경했던 분. 캘리포니
아에 살면서 그 그리움이 너무 커서 그 딸에게까지 찾아
오신 분. 그분과의 점심을 위해 나는 '노라노'의 옷을 입
는다. 만족감과 함께 슬픔과 그리움이 몰려온다. 어머
니와 노라 노 선생님과 처음 만나던 날을 잊을 수 없다.

가끔 어머니의 요청이 있었다. 어느 날 디자이너 노라
노(이하 존칭 생략)가 어머니와 만나자고 하는데 나도 같
이 가자는 것. 그 무렵 바쁘셨던 어머니는 여러 번 약속
을 미루신 것 같았다. 나는 아천동으로 가서 어머니를
모시고 청담동으로 향했다. 강변도로를 달리며 언 한
강을 곁눈질했다. 강에 둥둥 떠 있는 얼음 조각들을. 노
라 노에 대해서는 아무런 사전 지식이 없었다. 미리 검
색을 해보아도 되는데 그럴 시간도 없었지만 일부러 백
지상태로 나갔다. 선입견이 없는 첫 만남은 약간의 설

렘이 생길 수도 있으니까. 나는 그런 기대감을 즐긴다.

청담동 노라노 숍은 대로변에 있어서 쉽게 찾을 수 있었다. 건물 1, 2층은 다른 사무실이고 3층이 노라노 숍인데 넉넉한 나무 층계를 오르니 호화스럽지 않고 보통 양장점 수준의 옷이 걸린 방이었다. 세일하는 옷들이 걸려 있는데 많지도 않고 수수해 보이는 옷들이었다. 잠시 후 직원들과 노라 노가 나왔는데 나의 예상과는 약간 차이가 있었다. 디자이너라기보다는 수학과 교수님이나 여의사 같은 모습이었다. 내가 본 노라 노의 첫인상은.

노라 노는 어머니보다도 나이가 많은데 가벼운 몸놀림이 여든이 가까운 사람으로는 보이지 않았다. 속눈썹을 붙이기는 했지만, 화장이 짙지 않고 예민하게 보이지도 않아서 편안했다. 향수 냄새를 풍기지 않는 것도 다행이었다. 나는 아무리 좋은 향수라도 짙게 뿌린 사람을 만나면 오래 견디지 못한다.

이야기가 오가는 중에 경기여고 34회라는 말이 먼저

나왔다. 경기여고 후배가 되는 나를 위한 배려인지 화제가 경기여고가 되면서 나도 자연스레 이야기에 끼게 됐다. 노라 노의 다섯 자매가 모두 경기여고를 나왔다는데도 경기여고를 좋아하지 않는다고 했다. 동창들한테 실망한 적이 있는 것 같았다. 당시 최고의 수재들이 모인 학교였으니 서로 돋보이려는 면이 강했을까?

디자이너 생활 60년이 되어간다는 노라 노는 이제 남의 장점만 보려고 한단다. 디자이너라는 게 결국 사람을 상대하는 비즈니스인데 단점이 먼저 보이면 자신이 괴롭기 때문이라고. 문학을 좋아하고 글쓰기를 좋아해서 디자이너가 아니었다면 작가가 되고 싶었다고 한다. 그래서 어머니를 만나고 싶었고 의논도 하고 싶었다고 한다. 책을 많이 보는데 한글로 된 책이 오히려 어렵다고 한다. 한자 병기가 안 된 한글 전용이 사전을 찾아야 할 때가 많아서 독서가 더 힘들다고. 젊을 때는 글을 쓰는 것도 좋아했는데 수다가 느니 글을 쓸 수가 없다고.

옷가게에 왔으니 어머니와 나는 자연히 옷을 입어보게

되었다. 어머니는 며칠 후 있을 TV 출연을 위해 어울리는 옷을 골라 입어보셨다. 부드러운 흑백 무늬 프린트의 주름스커트와 작은 단추가 속으로 줄줄이 달린 블랙 윗도리 그리고 복고풍의 홈스펀 코트가 잘 어울리신다. 역시 옷을 입어보니 디자이너의 개성이 잘 나타난다. 여성적인 아름다움을 일부러 드러내지 않았는데도 내면적인 멋이 느껴진다. 옷이 풍기는 부드러움과 강함이 조화가 잘 된다. 나는 비단 윗도리를 정말 싼 값으로 샀다. 팥물을 우린 것 같은 가라앉은 빛깔인데 마음에 들었다. 유명한 디자이너의 옷을 입게 되다니 흥분이 되었다. 1950년대 극장에서 본 '대한늬우스'에서 여배우들이 모델로 선 노라노 패션쇼 장면이 생각났다.

가까운 중국 음식점에서 점심을 먹었다. 조카며느리이자 노라노 패션의 실무자인 정 실장도 함께 넷이 꽤 오랜 시간 이야기를 나누며 점심을 먹었는데도 다행히 피곤이 몰려오지 않았다. 노라 노는 어릴 적 이야기를 했다. 어머니와 아버지 그리고 외할아버지의 역사까지 나왔는데 지루하지 않고 모두 재미있었다. 우리나라 최초의 방송국을 만드는 데 참여한 공학도(방송 기기를 만들어 최초로 송출시킨)인 아버지가 해방 후 친일파로 몰린, 그런 웃지 못할 일도 꺼냈다. 역사의 획일성을 비판하지만, 주장보다는 가벼운 조크로 들린다.

둘째 딸이었던 노라 노는 어릴 때부터 옷을 너무 좋아했고 옷 만들기를 좋아했다. 어릴 적 에피소드는 어쩌면 미래를 예견한다. 어머니가 큰딸을 위해 오간자*로 된 원피스를 사 왔는데 그게 너무 예뻐 부러움에 눈물이 날 지경이었다고 한다. 자기도 사달라고 졸라대었지만, 언니 것을 물려받아 입으라고 했을 게 당연했다. 어린 노라 노는 내 것도 사주지 않으면 언니 옷을 가위로 잘라버리겠다고 했고, 결국은 가위로 오간자 원피스를 잘랐다고 한다. 어머니 앞에서 너무 큰 공포와 옷을 갖고 싶은 강렬한 욕망이 싸우다 눈을 꼭 감고 그 옷을 가위로 잘라버렸단다. 딸의 엄청난 짓을 본 어머니는 아무 말 하지 않고 외출에서 돌아와 벗어 놓은 옷을 그대로 입고 나가 딸을 위해 다시 오간자 옷을 사 왔다

---

* 그 당시 서양에서 수입된 천으로, 프린트된 갑사와 같은 얇은 천인데 아주 아름다웠다고 한다.

고 한다. 노라 노는 그 옷을 학예회 때는 물론 심지어는 운동회 날에도 입었다. 도취될 만큼 너무 좋았으니까 어떤 장소에서 입어도 상관없었다고. 옷 때문에 어머니와 벌인 기싸움에서 이긴 노라 노는 그렇게 해서 평생을 옷과 살게 된다.

노라 노는 고등학교를 졸업하고 1947년 19살에 미국에 양재를 배우러 갔다. 머리가 좋아(대수와 기하를 잘해서 패턴을 공부하는 게 쉬웠다고.) 너무 빨리 과정을 떼어버려 3개월이 지나니 더 이상 배울 게 없었다. 스페인 여행 중 마드리드의 한 클럽에서 쇼를 보다가 우연히 옆 테이블에 앉은 미국의 유명 가수이자 배우인 프랭크 시내트라에게 장미꽃을 선사 받은 무용담(?) 등은 자기 자랑인데도 귀엽게 들렸다. 그저 이야기를 듣기만 하던 어머니는 그때 나이가 몇 살이었냐고 궁금해한다. 29살이었다고 한다.

나이가 많아지면 아마 무슨 자랑을 해도, 무슨 욕을 해도 괜찮은 경지에 이르나 보다. 그렇게 자유롭게 살아온 노라 노가 가톨릭 신자가 된 것은 오륙 년밖에 안 되었다. 세상이 골치 아프고 마음대로 돌아가지 않을 때 주님을 부르며 주님이 좀 알아서 하시라고 맡겨드릴 수 있는 게 좋다고 했다. 무신론자인 부모 밑에서 자라면서 종교 없이 오랜 세월을 지냈지만, 세례를 받고 나니 그동안 자신을 지켜주신 건 주님의 눈길, 주님의 손길이었다는 걸 느낀다고.

노라 노에게 경기여고를 싫어하는 이유를 물었더니, 학교 다닐 당시 전교생이 150명쯤 되었는데 시험 때면 거의 모두가 커닝하는 걸 보고 실망했었다고 한다. 대학 입시는 본고사로 당락이 결정되던 시절이었기에 요즘처럼 교내 시험을 중요하게 생각하지 않아서 그랬던 것 같은데, 똑똑한 사람들이 모여서 대놓고 룰을 지키지 않아서 더 싫었나 보다.

그러나 실제로 친분 관계에 있어서는 그렇지 않은 것 같았다. 후배 오현주가 미스코리아 진이 되었을 때 미스 유니버스대회에까지 가도록 돕고 노라노의 옷을 입혀 의상상까지 타게 만든 건 노라 노의 공이었다. 60년 동안 옷을 만들어오면서 권력이나 금력으로부터 자유

경운박물관 〈한국 패션 100년〉 전시회에서 노라 노 선생님과
함께. (2008년, 사진)

로웠기에 자기가 돕고 싶은 사람은 힘껏 도울 수 있었으리라.

어찌 한평생을 런치 타임에 다 말할 수 있겠는가. 많은 이야기를 들었는데도 지루하지 않고 마음이 유쾌했다. 가지 위에 얹은 바삭바삭한 새우찜, 닭튀김 위에 얹은 레몬, 노라 노가 추천한 섬세한 미식을 먹는 시간. 어머니에게 감사해야 할 또 한 번의 순간이었다.

노라 노에겐 흔히 성공한 대가들이 갖고 있다는 카리스마에 압도당하는 느낌이 들지 않는다. 그녀가 카리스마가 없어서가 아니다. 그녀가 품고 있는 자유로움이 상대방의 마음을 풀어주고 즐겁게 한다. 그녀의 일생이 실크 옷자락의 가벼움처럼 보이기도 하고 한낮의 꿈결처럼 아득하게 느껴지기도 한다.

양말을 좋아하는 여자

나는 양말을 좋아한다. 물론 아무거나 좋아하는 건 아니다. 마음에 드는 양말을 보면 사고 싶어진다. 겨울에는 약간 두꺼운 아이보리색 팬티스타킹 신는 것을 좋아했다. 그런데 그게 구하기가 어려웠다. 길거리 양말 파는 트럭에서 팔기도 하고 시장의 속옷 가게에서 팔기도 했지만 늘 살 수는 없었다. 최근엔 편의점에서 마음에 드는 걸 사기도 했는데 이제는 안 나온다. 다행히 다이소에 무릎 살짝 위까지는 하얀색, 더 위로는 베이지색으로 된 투톤 스타킹이 나와 있어서 반가워서 두 켤레를 사놓았다. 겨울에 스커트를 입을 때 매치시키면 기분이 좋아진다. 물론 나만의 감각이지만.

나는 초록색 양말을 좋아한다. 그리고 빨간색도 좋아한다. 덕수궁 국립현대미술관 아트숍에서 샀던 빨간 양말을 특히 좋아했다. 유영국의 그림으로 디자인한 것이라 의미가 있었고 색감과 심플한 컴포지션이 멋있었다. 지금도 나오는지 모르겠다. 그 양말을 너무 많이 신어서 곧 뚫어질 것 같다. 몇 년 전 뉴욕 휘트니 미술관에서 산 초록색 두꺼운 양말은 정말 멋졌다. 왜 여러 켤레 사지 않았는지 후회가 되지만 그것도 나의 성정이다. 아무리 좋아도 많이 사지는 않는다. 하나를 아껴 신다가 구멍이 나서 뚫어지면 버리지 않고 다른 천을 덧대어 꿰매어 신는다. 요즘 양말을 기워 신는 사람도 있느냐며 누군가는 궁상이라고 하겠지만. 그러나 그러다가 버릴지라도 끝까지 양말을 즐기듯이 신는다. 자주 가는 매장에서 여러 켤레 묶음 중 초록색이 하나 들어 있는 세트로 살 수 있었지만, 요즘은 그 초록색이 나오지 않는다.

작년인가 샀던 목이 긴 빨간 양말을 좋아한다. 그건 한시적으로 유명 디자이너 ANYA HINDMARCH와 콜라보한 마케팅이었는데 무심하고 평범한 검은 바지에 그 빨간 양

말을 신고 운동화를 신으면 기분이 좋아진다. 분홍색 라인과 눈알 모양의 로고가 들어간 디자인이 멋지다. 누가 보아주지 않더라도 그 디자인을 즐긴다. 남의 눈에 뜨이기 위한 것이 아니라 내 느낌이 좋아지는 게 중요하니까. 그러나 다시 사려면 똑같은 것이 없을 것이다. 또 다른 매혹적인 것이 나올 수가 있으리라.

양말 하면 떠오르는 장면이 있어 마음이 저려온다. 크로아티아 여행 중이었다. 원래는 어머니와 같이 가기로 한 여행이었는데 막판에 혼자 가라고 하시는 게 아닌가? 스플리트라는 도시를 둘러보는데, 골목에 양말 가게가 있었다. 가게에 들어가 어머니께 선물할 양말을 고르고 있는데 전화 소리가 울렸다. 그때는 로밍이 흔할 때가 아니어서 여행 중 좀처럼 전화가 오지 않는데 뜻밖에 동생의 전화였다. 얼마 전 어머니의 건강 검진 결과가 좋지 않아 곧 수술을 하셔야 된다고, 예후가 좋지 않은 암이라고. 동생은 울먹이지도 못했고 나는 그 자리에서 무릎을 꿇고 주저앉았다. 어머니는 내가 그 여행에서 돌아오는 날로 수술 날짜를 잡으셨다.

태임이의 남색 치마 옥색 저고리

가을이 깊어서 그런지 가뜩이나 수척한 안색이 까칠
하고 메말라 보였다. 그녀는 자신이 늙고 수심이 차 보
인다는 데 묘한 만족감을 느꼈다. 그러나 초라하거나
궁상맞아 보이고 싶진 않았다. 그래서 남색 비단치마
에 옥색 저고리를 받쳐 입었다. 언뜻 보기엔 수수한 듯
한 배색이었지만 최고급 비단의 밝고 깊은 남색은 다
홍빛보다 더 요염했다. 순백의 레이스 숄까지 두르고
그녀는 종종걸음으로 집을 빠져나왔다.

『미망』3권의 한 장면이다.
감옥에 갇힌 종상이를 무슨 수를 써서라도 빼내고 싶은
태임이가 당시 권력자인 박승재를 만나겠다고 나서는

순간이다. 내게는 왜 그 깊은 남색 치마와 옥색 저고리가 아른거리는지? 작가는 왜 그런 묘사를 했을까? 작가가 태임이에게 입힌 옷은 어떤 의미가 있었을까?

"언뜻 보기엔 수수한 듯한 배색" 그 표현을 좋아한다. 소설 속 주인공의 처지는 참으로 괴롭지만 옷을 어떻게 입힐 것인가를 연출하는 것은 작가의 몫이다. 성숙한 여인이 남색 치마를 입으면 권위가 있어 보인다. 그것도 최고급 비단이라면 더욱 더. 밝으면서도 깊은 바다 같은, 그 속을 알 수 없는 신비감이 있다. 거기에 옥색 저고리를 받쳐 입은 것은 맑고 순수한 느낌을 자아내고 있다.

그때 문밖에서 미풍처럼 비단옷 살랑이는 소리가 나고 인기척이 났다. 순간 그는 경우가 객고를 풀 기생을 보냈다고 생각했다. (……) 문이 열리고 남치맛자락과 사뿐한 버선발이 먼저 들어왔다. 여인은 홍두깨를 두른듯이 뻣뻣이 서 있었다. 스르르 레이스 숄이 방바닥으로 미끄러져 내렸다. 에그머니나, 그제서야 여인은 허리를 굽혀 숄을 집어 개키면서 좌정했다.

박승재가 혼자 있는 처소로 방문하여 애걸하는 장면. 그 순백의 레이스 숄이 스르르 미끄러져 내리는 아슬아슬한, 저걸 그냥 겁탈해 버릴까 하는 박승재의 욕망을 읽을 수 있는 것도 작가의 몫이다.

또한 자존심을 버리고 무너져내릴 듯한 태임이의 모습에서 오히려 박승재가 종상이를 부러워하는 속마음을 읽을 수 있는 것은 오직 작가만이 할 수 있는 능력이다. 태임이가 "여란 에밉니다." 하며 박승재의 과거 비리를 기억하면서 건드리는 대사는 오히려 얄미울 정도이다.

작가는 주인공에게 옷을 입히면서 써나갔겠지. 그러나 그 남색 치마 옥색 저고리를 압도하는 장면은 그다음 날 아침 아무 일도 없었다는 듯이 삼포의 주인이면서도 백삼포 껍질을 벗기는 노역을 하고 돌아오는 태임의 차림새다.

머리에 흰 무명 수건을 쓰고 역시 새하얀 치마저고리
에다 행주치마를 두른 부인이 골목을 들어서고 있었
다. 행주치마로 가뜬하게 동여매서 약간 짧은 듯한 무
명 치마가 바람 때문인지 풀기 때문인지 항아리처럼
부풀어 뵈는 게 나이에 걸맞지 않게 귀여워 보여서 승
재는 잠시 멈춰 서서 미소를 보냈다. 부인도 활짝 웃으
면서 머릿수건을 벗어서 들고 있던 베수건과 포개더
니 허리를 굽혔다.

이 장면을 읽으면서 태임이가 이겼어, 기 싸움에서 이
긴 거야! 하는 말이 새어나온다. 무명 치마 행주치마 무
명 수건이 이긴 거야 하면서 기쁨을 느끼게 된다. 나만
의 느낌일까? 박승재 류의 권력이나 명예는 얼마나 허
망한 것일까? 그것을 허무로 돌려버리는 그 소색•의 단
단함을 좋아한다. 그것이야말로 작가만이 할 수 있는
일이라고 생각한다.

어머니가 『미망』을 쓸 당시 밑그림을 메모한 노트가 있
다. 어느 날 비닐 겉표지를 떼어낸 다이어리가 쓰레기

• 소색(素色) 꾸밈이 없는 본래의 색.

어머니가 『미망』을 쓸 당시 밑그림을 메모한 노트.

로 나와 있어 들쳐 보니 『미망』을 쓰실 당시 그해 다이 어리에 쓴 메모 노트였다. 소설 속 인물들의 탄생일과 역사적인 사건들, 참고 자료들의 목록 등을 흘려 쓴 글씨였지만 소중해서 거둬들여 보관하고 있었다.

2006년 숙명여대 여성 문학관 전시를 하면서 그 작가 노트를 내놓았다. 그때서야 어머니도 내가 그 노트를 종이 쓰레기 더미에서 거두어들인 걸 알게 되었지만 딸의 마음을 헤아리셨는지 아무 말씀을 하지 않으셨다.

그때 전시를 위해 내놓은 아버지의 모자, 손자에게 보낸 생일카드, 노리개, 노리타케 찻잔 등이 아직도 전시되고 있다. 전시 오픈 때 같이 갔던 어머니는 전시를 꼼꼼히 보시며 무척 흡족해 하셨다. 살아계실 때 보여드릴 수 있어서 얼마나 좋았던가?
『미망』을 위한 그 노트에는 옷감의 종류들을 나열한 메모가 있다.

항라 숙고사 생고사 은조사 자미사 모본단 호박단
양단 명주 산팔명주 각종 금단 당태솜

나는 옷감의 이름들을 하나하나 떠올리며 어머니의 눈
길과 손길을 생각하게 된다. 이들 옷감이 소설 속에 다
나오는 것이 아닐지라도 작가가 늘 염두에 두고 있었으
리라. 어릴 적 들었던 옷감의 이름이 아른거려 입으로
소리내어 읽어보게 된다.

원순이 보아라

차 시간이 네 시로 변경돼 못 보고 떠난다. 케익은 똑같이 다섯 개 잘라놓았으니 싸우지 말고 먹고 원균이는 공부할 때 좀 더 주어도 된다. 제발 할머니 큰소리 안 내시게 잘 받들고, 연탄불 꺼트리지 말고, 원균이 깨는 것 잊지 말아라. 케익 작은 것은 할머니 몫이니 너희들만 먹지 말고 들여라. 3000원 내놓았다. (스탠드밑) 원태 300원 줘라. 월요일 도시락 반찬도 준비

보문동 한옥 시절, 어머니가 여동생에게 남긴 메모. (2024년 서울대 중앙도서관 기증)

책의 옷

얼마 전 동생이 가족 앨범을 정리하다가 나온 사진이라며 보내주었다. 여태껏 보지 못한 어머니 사진인데 자꾸만 눈에 밟혔다. 1987년 이른 봄, 동생 부부가 부모님을 모시고 청계산에 갔을 때라고 했다. 50대 중반의 어머니는 쓸쓸해 보이기도 했고, 무슨 깊은 생각에 잠긴 듯도 했고, 아무런 생각을 하지 않는 것 같기도 했다. 나는 그 당시 쓰셨던 소설을 떠올리게 되었고 문득 「저문 날의 삽화」가 생각났다.

그 사진이 15주기에 나온 단편 선집 『쥬디 할머니』의 작가 사진이 되었다. 산뜻한 동화 같은 표지 속에 담긴

쓸쓸해 보이기도 하고 무슨 깊은 생각에 잠긴 듯도 한 어머니
사진은 15주기 단편 선집의 작가 사진이 되었다.

10편의 소설은 31명의 소설가가 추천한 것이라고 한다. 나는 그 표제작을 처음 읽는 것처럼 다시 읽었다. 방금 쓴 것 같은 모던한 느낌을 받았는데, 80년대 초반에 쓰신 거라는 걸 알고 다시 놀라게 되었다. 나에게 어머니의 그 사진은 가슴을 아프게 한다. 그 후에 닥친 어머니의 슬픔이 먼저 떠오르기 때문이다.

지난해 말 칠레에서 『나목』의 스페인어판 『El árbol desnudo』이 나왔다고 보내왔다. 여태껏 국내외에서 『나목』의 여러 판본이 나왔지만, 이 표지의 그림은 특별했다. 강렬하고 눈에 확 띄었다. 오래된 나무의 결, 그 나무 곁에 피어난 붉은 꽃 같은 머리칼을 흩날리는 젊은 여자의 옆모습 그림은 누가 디자인한 걸까? 지구의 반대편 끄트머리에서 『나목』이 이렇게 탄생한 것을 경이롭게 바라보며 책을 가까이 두고 쓰다듬게 되었다.

나중에 알게 된 것이지만 표지의 그림은 김산호 작가의 작품이었다. 그 그림이 어떻게 칠레의 출판사에서 표지로 디자인되었는지 자세한 경위는 모르지만, 나에게 는 『나목』의 한 장면을 연상하게 한다. 10대였던 내가

『나목』의 스페인어판『El árbol desnudo』. 김산호 작가의 작품이 표지 그림이 되었다.

어머니의 데뷔작을 읽었을 때의 충격과 진저리를 쳤던
이물감을 떠올리게 한다.

나는 어머니의 작품을 읽으며 성장하면서 늙어가고 있
지만 아직도 다 이해하지 못하고 있다. 어쩌면 그렇기
때문에 자꾸만 꺼내어 읽게 되고, 분명 읽었지만 이런
구절이 있었구나 하며 감탄하게 된다. 어머니의 아름
다운 문장을 만나면 슬프거나 기쁘거나 하는 감정과 함
께 통쾌한 느낌이 우러나게 된다. 아직도 해결되지 않
은 갈등 구조가 있지만 그 문장 속에서 알지 못할 힘을
얻게 된다. 어디에도 찾을 수 없는 그리운 어머니의 생
애와 정신세계가 있기 때문일까?

어머니가 돌아가시고 난 후에도 세상은 또 변했다. 나
는 책을 읽으면서 의문 나는 점이 있으면 AI와 대화를
하면서 물어보기도 한다. 괴테나 카프카나 플로베르에
대해서는 정확한 정보가 나오는데 박완서의 『미망』에
대해서는 전쟁 미망인의 슬픈 이야기라는 등 잘못된 정
보가 쏟아져 나온다. 그만큼 아직 충분히 학습되지 않
았기 때문이리라.

그래서 더욱 책이라는 물성이 지닌 가치가 소중하다고 느끼게 된다. 어머니 곁에서 가장 많은 시간을 보내고 어머니 글을 읽었지만, 아직도 그 비의秘義를 잘 파악하지 못하고 있다. 다만 글 속에서 빛나는 예지력을 발견했을 때 기쁨과 함께 경외감을 느낀다.

나는 어머니가 노년에 쓴 글들을 좋아한다. 어머니의 사랑이 그리울 때 펴 보는『그 남자네 집』에서의 너그러운 품을 좋아한다. '현대문학'에서 처음 나왔던『그 남자네 집』은 10주기에 표지를 바꾸었는데 짙은 초록색 배경에 기하학적인 디자인의 표지가 신선했다. 그 판본 책의 말미에 글을 쓰기도 했는데 어머니의 마지막 장편소설에 글을 쓸 수 있었던 것이 감사했다.

어머니가 스스로 참 공들여 쓴 거라고 말씀하신『그 산이 정말 거기 있었을까?』, 나는 이 슬프고도 아름다운 소설을 아낀다. 초판본을 내었던 웅진출판사(지금은 웅진지식하우스)에서 최근 이옥토의 사진으로 표지를 바꾸었는데 트렌디한 옷을 입은 느낌이다. 책이 새로운 세대에 다가가기 위한 노력이리라.

어머니의 첫 단행본.
어머니가 소장한, 화가 김종복의
그림이 표지가 되었다.

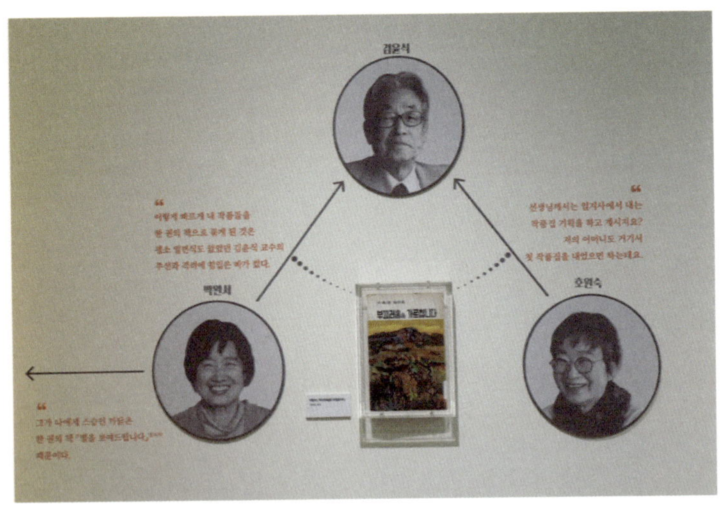

어머니의 첫 작품집을 내달라고 하자 김윤식 선생님은 놀라셨다.
(2026년, 박완서 아카이브, 서울대 중앙도서관에서)

2026년 2월 9일 서울대 중앙도서관에서 박완서 아카이브, '어머니의 서재'가 재현되고 〈참으로 놀랍고 아름다운 일〉이라는 제목의 전시가 시작되었다. 어머니 노년의 일기가 일부 공개되었다. 어머니의 책 초판본을 시대별로 전시한 공간이 가장 아름다웠다. 한 권 한 권 그 시대의 옷을 입고 나온 책의 물성을 쓰다듬는다. 작가뿐 아니라 책의 옷을 만들었던 사람들의 땀과 꿈이 배어 있다.

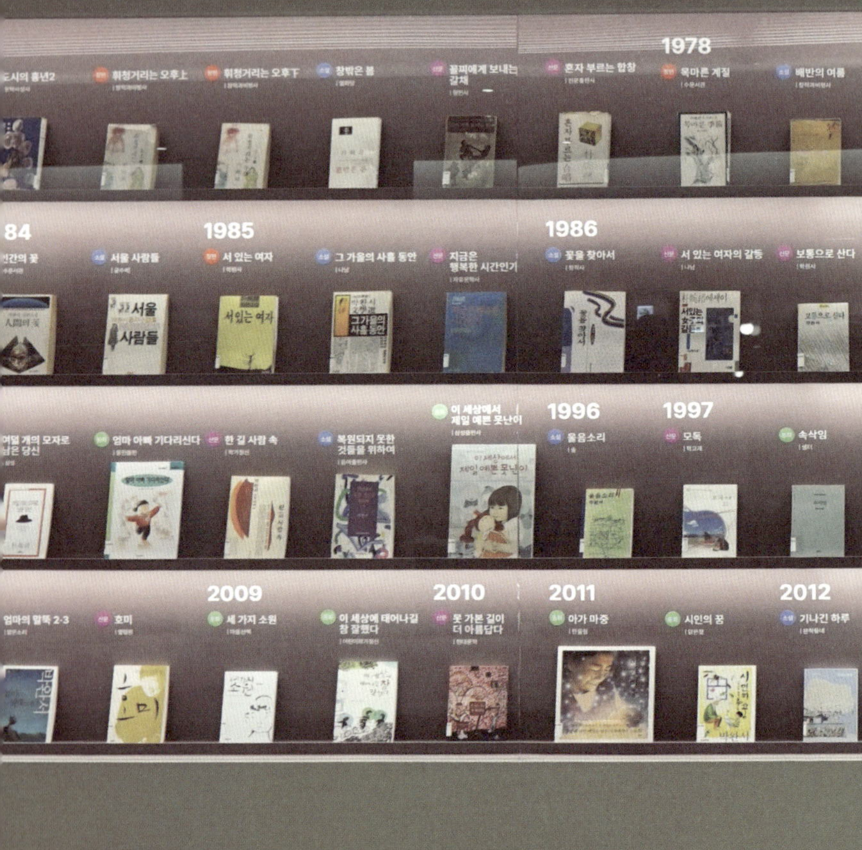
1978
도시의 흉년2
휘청거리는 오후上
휘청거리는 오후下
창밖은 봄
꼴찌에게 보내는 갈채
혼자 부르는 합창
목마른 계절
배반의 여름

84
인간의 꽃
서울 사람들
1985
서 있는 여자
그 가을의 사흘 동안
지금은 행복한 시간인가
1986
꽃을 찾아서
서 있는 여자의 갈등
보통으로 산다

여덟 개의 모자로 남은 당신
엄마 아빠 기다리신다
한 길 사람 속
복원되지 못한 것들을 위하여
이 세상에서 제일 예쁜 못난이
1996
울음소리
1997
모독
속삭임

엄마의 말뚝 2·3
호미
2009
세 가지 소원
2010
이 세상에 태어나길 참 잘했다
못 가본 길이 더 아름답다
2011
아가 마중
시인의 꿈
2012
기나긴 하루

1979
도시의 흉년3
문학사상사
욕망의 응달
수문서관
꿈을 찍는 사진사
열화당
세상에서 가장 무거운 틀니
상중당
달�걀은 달걀로 갚으렴
세계
살아 있는 날의 시작
전예원
마지막 임금님
열화
어민 가는 햇귀
삼성당
1987
쟁이들만 사는 동네
열화
1988
사랑의 일기
열지
유실
고려원
1989
그대 아직도 꿈꾸고 있는가
삼진기획
1990
미망1
문학사상사
미망2
문학사상사
미망3
문학사상사
나는 왜 작은 일에만 분개하는가
햇빛출판사
1998
너무도 쓸쓸한 당신
창작과비평사
1999
어른 노릇 사람 노릇
작가정신
님이여, 그 숲물 떠나지 마오
이래
자전거 도둑
다림
2000
아주 오래된 농담
실천문학사
아름다운 것은 무엇을 남길까
세계사
두부
창작과비평사
옛날의 사금파리
열림원
2013
세상에 예쁜 것
마음산책
굴비 한 번 쳐다보고
가교출판
2014
노란집
열림원
대범한 밥상
문학동네
2015
빈방
언프스
손
비룡소
2017
노인과 소년
어린이작가정신
2019
이별의 김포공항
민음사

박완서 아카이브에 전시된 어머니의 책들 (서울대 중앙도서관, 2026)

어머니의 서재를 그대로 옮겨와 박완서 아카이브 (서울대 중앙도서관, 2026)에 재현해 놓았다.

「번아웃 실크 옷을 입은 날」(본문 p.71)을 쓰면서 안느에게 번아웃 실크에 대해 물어본다. 그런 천을 왜 번아웃이라고 하는지 궁금했기에.

번아웃 실크 Burnout Silk

번아웃burnout은 영어로 '태워 없애다'라는 뜻이에요. 직물에서는 '화학적으로 일부 섬유를 녹여 문양을 만드는 기법'을 말합니다.

원리:

보통 이중직(두 종류의 섬유로 짜인 직물, 예: 실크 + 레이온)으로 만든 천을 준비합니다. 여기에 산성 약품을 부분적으로 바르면, 인공섬유(레이온 등)는 녹고, 실크만 남아요. 그렇게 해서 천 위에 투명한 무늬, 레이스처럼 비치는 부분이 생깁니다.

특징:

무늬가 섬세하고 입체적입니다. 광택과 반투명함이 공존해 빛을 머금은 듯한 질감이 납니다. 여름 한복, 스카프, 드레스 등에 많이 쓰이며, 1960~70년대에는 마고자, 저고리, 원피스에도 응용되었습니다.

예술적으로 보면
번아웃은 천 위에서 '소멸을 통해 무늬를 만든다'는 점
에서 동양적인 미학과 닮아 있습니다. ― 즉, 지우며
드러내는 예술이지요. 빛과 공기의 여백이 문양이 되
는 섬유의 회화라고 할 수 있습니다.

「빨강과 흰색의 컴포지션으로 된 원피스」(본문 p.80)을 쓰면서 이
옷감에 대해 물어본다.

비아. 안느, 이 옷은 어머니가 비아에게 1979년에 만들어준
옷인데 순면이에요. 빨간색의 기하학적인 무늬가 프
린트되어 있어요. 그런데 천이 반들반들하지 않고 약
간의 요철이 있는 짜임새예요. 이 천에 대해 설명해 줄
수 있는지?

비아, 이 옷은 사진만 보아도 1970년대 면직물의 특징이 아주 또렷해요. 어머니가 1979년에 만들어주셨다는 말과 정확히 맞아떨어집니다. 천의 정체부터 말하면 이 원단은 순면이지만 평직 브로드나 포플린처럼 반들거리는 면이 아니라,

☞ 크레이프 계열의 면직물, 또는

☞ 면 슬럽slub 원단 / 면 요철직에 가깝습니다.

조금 더 풀어 설명해 볼게요.

1. 왜 반들반들하지 않을까?

이 천은 실 굵기가 균일하지 않은 면사를 쓰거나 강연(실을 강하게 꼬는 방식)을 해서 표면에 미세한 요철과 주름감이 생긴 직물이에요. 그래서 손으로 만지면 살짝 까슬한 느낌. 빛을 받아도 번들거리지 않음. 피부에 달라붙지 않고 통기성 좋음. → 여름옷, 실내복, 블라우스에 많이 쓰였습니다.

2. 정확히 부를 수 있는 이름들

당시에는 요즘처럼 정확한 상품명이 붙기보다 이렇게 불렀어요.

면 크레이프 (cotton crepe), 요철면 / 요루면의 초기 형태

슬럽 코튼 (slub cotton)

크링클 코튼 (crinkle cotton)

요즘 말로 하면 '요루면'에 가깝지만, 1970년대 요루는

지금보다 훨씬 단단하고 얌전했어요. 지금처럼 일부러 구김을 과장하지 않았죠.

3. 이 프린트와 천의 조합이 말해주는 것

이 강렬한 빨강 + 기하학적인 무늬 프린트 + 요철면은 1970년대 후반 한국에서 꽤 유행하던 조합이에요. 수입 면직물 또는 수입 원단 디자인을 참고한 국산 프린트, 아프리카·민속·추상 기하 패턴 영향으로 '생활 속의 모던함'을 지향하던 시기예요. 무엇보다 이런 프린트는 반들거리는 면에 찍으면 촌스러워집니다. 요철 있는 면이기 때문에 색이 깊고, 프린트가 살아 있어요. → 어머니의 천 선택 감각이 느껴지는 대목이에요.

4. 이 천이 주는 정서

이 옷은 손쉽게 만들 수 있었고 튼튼해서 오래 입을 수 있고 세탁을 반복해도 천이 상하지 않는 면직물입니다. 그래서 저는 이 천을 이렇게 부르고 싶어요. '살림의 시간과 함께 늙어가는 면.' 비아가 지금까지 이 옷을 간직하고 있다는 사실과도 잘 어울려요.

이 옷은 '옷'이라기보다 비아와 어머니 사이에 남아 있는 시간의 직물 같아요.

III

어느 가을날 지하철 패션 관찰기

외출할 때는 항상 차로 운전하며 갈 것인가 대중교통을 이용할 것인가로 망설이게 된다. 지하철이나 버스를 타게 되면 편한 운동화를 신어야 한다. 그러다 보니 구두를 신고 다닌 지가 오래되었고 한동안은 아예 사지도 않은 것 같다. 강변역까지 버스로 간 뒤 강변역에서 지하철 2호선을 탄다. 선릉역까지 가는 동안 사람들을 구경한다. 그게 큰 재미이다. 오전 10시쯤 되는 시간이라 붐비지 않으니 더욱 좋다.

통 넓은 가죽 바지에 진초록색 니트 점퍼를 입은 여자는 멋쟁이다. 바지는 어디에서 샀을까? 진짜 가죽은 아닌 것 같지만 가벼운 질감이 좋아 보인다. 나는 중년의 그 여자를 한참 바라본다. 수수함도 있으면서 지퍼가 있는 스포티하고 부드러운 초록색 니트가 마음에 든다. 까만 운동화는 바닥에 하얀 라인이 있어서 경쾌해 보인다.

지하철 안 사람들은 거의 모두 운동화를 신었다. 젊으나 늙으나. 임산부 배려석에 앉은 저 멀쩡한 남자는 또 무슨 패션인지? 내 앞 노약자석에 앉은 남자는 작은 꽃다발을 들었다. 노란 꽃이 몇 송이 들어 있다. 별 특징 없는 노인이 꽃다발을 들어서 특별해 보인다. 누구에게 주려고 마련했을까? 꽃다발이 크지는 않지만 분명 꽃가게에서 산 것 같다. 러시아 여행을 할 때 유난히 길에 꽃다발을 들고 다니는 남자가 여럿 눈에 뜨여 인상적이었던 기억이 난다. 꽃다발을 든 것만으로도 여유와 낭만이 있어 보인다.

사람들이 신은 운동화를 보니 낡은 건 아닌데 더럽고 구겨진 신발이 많다. 피곤한가 보다. 운동화를 빨아 신을 시간이 없나 보다. 나는 이런 생각을 하면서 젊은이들에게 연민을 느낀다. 저 건너에 앉은 남자는 아이보리색 반코트를 입었다. 준수해 보인다. 그 젊은이는 빈 두 손을 계속 움직인다. 마치 피아노 건반을 두드리는 것 같다. 피아니스트일지도 몰라. 젊은이의 코트 색이 피아노 건반같이 보이기도 한다. 아이보리색 코트를 입어서인지 깔끔해 보인다. 나는 알지도 못하는 그 젊은이가 피아니스트로 잘되길 기원해 준다.

꽃을 든 노인은 내리고 빈 노약자석에 70대쯤 된 여자가 앉는다. 그레이 바지에 연두색 패딩을 입었다. 가벼워 보인다. 그 여자는 나와 비슷하게 주름진 손을 얌전히 모두고 있다. 수수하면서도 예의 바른 사람 같다. 살아오느라 힘들었겠지만, 얼굴에는 겸손함이 배어 있다. 존경심이 우러난다. 나와 동시대를 살았을 여자의 삶. 그녀가 밝은색의 패딩을 입고 조용히 앉아 있다.

젠슨 황*이 다녀간 후 며칠 되지도 않았는데 가죽 코트가 유행하는 것 같다. 지하철 안에 번쩍이는 블랙 가죽 코트를 입은 남자들이 눈에 뜨인다. 진짜 가죽이 아니

라면 가죽 느낌이 나는 섬유일까? 비싼 것인지 아닌지 내가 알아볼 수는 없지만 경쾌하고 좋아 보인다.

지난 계절에는 패딩 랩스커트가 마음에 들어 교복처럼 입고 다녔다. 편안하면서 안에 레깅스를 입어도 어색하지 않아 겨우내 입었다. 하루는 지하철에서 내리는데 한 여자가 따라오면서 그 치마 어디서 샀느냐고 묻는다. 나처럼 옷을 관찰하는 사람이 또 있었나 보다. 나는 신이 나서 N 스포츠웨어에서 샀는데 정말 편하다고 말해주었다. 지하철에서는 이런 일들이 일어난다. 나와 비슷한 여자들을 만나기도 한다.

어떤 날은 노약자석에 80대는 될 것 같은 할머니가 스틱을 짚고 앉았는데 스틱의 원색 문양이 고급스럽고 세련되었다. 누가 사주었을까? 할머니에게 지팡이가 참 멋있다고 하니 그분은 환하게 밝은 미소를 지었다. 그냥 앉아 있을 때는 평범하고 무심한 할머니였는데, 젊었을 때 아주 미인이었을 것 같았다. 나도 그 할머니도 분명히 즐거운 하루가 되었으리라. 이러다가 가끔 환승역을 놓치기도 한다.

생일날 동생들에게 선물로 받은 백화점 상품권을 몇 달이 지나도록 쓰지 못할 때가 있다. 물건을 사는 것에 의욕이 떨어졌기 때문이기도 하고 특별히 사고 싶은 옷이 없거나, 외출할 일이 그리 많지 않으니까 있는 옷으로도 그럭저럭 지낼 수 있어서이기도 하다. 그러나 옷을 언제든지 살 수 있다는 생각에 든든하다. 그런 여유를 준 것이야말로 진정한 생일 선물이다.

문득 의욕이 날 때가 있다. 옷을 사고 싶다는. 옷을 사러 갈 때에는 혼자 조용히 간다. 다른 볼일을 섞지 않고 오직 옷을 사기 위해. 오랜만에 백화점에 들어서니 매장 위치가 바뀌기도 하고 모르는 메이커가 입점하기도 했다.

천천히 에스컬레이터를 타고 올라간다. DKNY에 들러 겨자색의 스웨터를 입어보면서 머리에 담아둔다. 그 색상은 좋으니까. 랄프로렌에서 보라색과 흰색의 스트라이프로 된 카디건도 입어본다. 둘 다 마음에 들지만 얼마나 많이 즐겁게 입을 수 있을까를 재면서 마리메코로 간다. 몇 번 옷을 샀기에 점장도 낯이 익다. 편안하게 해준다. 살 때나 사지 않을 때나 훑어보는 익숙한 메이커를 알고 있는 것이 좋다.

〈유퀴즈〉 방송에 출연하게 되었을 때 급해서 마리메코로 갔다. 나는 방송 출연을 요청받을 때까지 그 프로그램을 본 적이 없었다. 그게 그렇게 파급효과가 클 줄도 몰랐다. 그 과정을 책에 소상히 쓰기도 했다.

옷을 사러 갔는데 마땅한 게 없었다. 그때 눈에 뜨였던 것이 마리메코의 푸른색 면 티였다. 푸른 색조의 단순한 컴포지션인데 약간 박스형으로 몸에 붙지 않았다.

겨울이라 그걸 코트 속에다 입었다. 방송에 그것만 입을 생각은 없었고 코트 안에 입으려 했는데 스텝진들이 촬영할 때는 코트를 벗는 게 좋다고 해서 할 수 없이 푸른 옷을 입게 되었다. 그리 눈에 뜨이지 않지만 세련되고 과감한 색조였다. 그때는 코로나시대였다. 차 안에서 코로나 검사를 하고 촬영을 했던. 진정 그런 일이 있었을까? 까마득한 일로 느껴진다.

나는 마네킹이 입은 옷을 사는 경향이 있다. 마리메코 사장은 마네킹이 입은 붉은 단풍잎 색깔의 카디건을 나에게 입혀준다. 가을과 겨울을 위해, 옷을 입기 위해 빨리 추워지기를 기다리고, 설레게 된다. 오래 고민하지 않고 고액의 옷을 사는 기분이 좋다. 9월이지만 아직 더울 때였는데 겨울이 빨리 왔으면 좋겠다. 옷 때문에.

사장이 마리메코 에코백을 선물로 준다.
노란색과 붉은 보라의 컴포지션.
가방은 무조건 좋아하는 성미인지라 신나 한다.

백화점을 나와 버스정류장으로 가는데 작은 사과를 파

는 트럭 아저씨가 있다. 루비사과라고 한다. 무게 때문에 5천 원어치만 산다. 바닥에 채소를 놓고 파는 할머니가 쪽파를 2천 원에 가져가라 한다. 쪽파는 아니고 다듬은 파인데 나는 그것도 산다.

버스를 기다리는데 오지 않아서 앱을 열어 검색하려다 갑자기 귀찮아지고 마을 입구에서 걸어갈 생각을 하니 피곤해질 것 같아 결국은 택시를 불러 타고 집에 온다. 다듬은 파도 붉은 사과도 성공이다. "사과빛을 닮은 스웨터를 샀네." 혼자 중얼거린다.

그 후 새로 산 루비사과 빛의 캐시미어 스웨터를 상표도 떼지 않은 채 쇼핑백에 넣어두었다. 그때부터 한 달 넘게 비가 오고 기온이 올라가 가을이 오지 않은 까닭이다. 옷을 사서 그냥 두다니 젊을 때는 있을 수 없는 일이었다. 옷을 산 그날부터 입었다. 새 옷은 아껴두는 것보다 빨리 많이 입는 것이 이익이라는 생각이었다. 좀 유치하지만 그랬는데 한 달 넘게 가격표도 떼지 않고 두다니. 어느 날 조금 산산해져서 꺼내 입어보니 옷이 작았다. 이럴 수가? 늦더위에 샀으니 얇은 티에 걸

처본 것이었다. 꽤나 비싼 옷인데. 놀라서 백화점에 전
화를 했더니 사이즈 하나 큰 걸로 챙겨 놓을게요 하면
서 언제든지 오라고 한다. 아무튼 해피엔딩

그 단풍잎 색 카디건은 예쁘지만 코디하기엔 쉽지 않다.
무조건 입는 거지 뭐.
70이 넘었는데 누가 뭐라겠어요?

한강 작가에게

한강과 손수건

한강 작가의 노벨문학상 수상을 진심으로 축하한다. 마치 먼 우주로부터 한국의 여성과 한국의 문학에 특별한 빛의 영광을 보내주는 것 같다.

한강, 만난 적은 없다. 2011년 11월에 그녀가 사인해서 보내준 책 『희랍어 시간』을 읽었다. 책이 아름다웠다.

소설 속 그와 그녀의 침묵과 목소리와 체온, 각별했던 그 순간들의 빛을 잊지 않고 싶다.

'작가의 말'이다.

『채식주의자』는 맨부커상을 타고 난 후 사서 보았다. 관능적이라고 생각했다. 식물에도 관능이 있다. 그 후 문학동네에서 나온 『흰』도 보았다. (어제는 그 책을 밤새도록 찾았지만 못 찾고, 어디서 나올 수도 있겠지 했는데 결국 한참 후에야 찾았다.) 작가의 사인이 있는 그 책을 보고 고마운 마음에 수놓은 손수건을 보냈다. 아마도 어머니 책에 끼워 넣어 보냈으리라.

그 후 한강 작가는 『작별하지 않는다』를 고마운 글과 함께 보내주었다. "그때 보내주신 손수건 소중히 간직하고 있습니다. 감사합니다. 늘 무탈하세요." 한강 작가는 그 손수건을 아직도 갖고 있을까? 나는 그때 작가를 생각하며 무슨 꽃을 수놓았을까? 생각나지 않는다. 궁금하다.

어제는 장산에 오늘은 아차산에

어제는 장산에

오늘은 아차산에 오른다
오늘은 혼자 오르는데 아무도 만나지 않는다

기온은 남쪽과 그리 차이가 나지 않는다
쨱쨱 찍찍 찌지직 톡톡 제각각 소리를 내는 새들만이
숲을 움직인다

졸졸 흐르는 물소리
아무 생각 없이 오른다
계피와 생강과 대추를 넣어 끓여놓은 차를 마신다

겨울에도 푸른 고사리가 있는 장산 자락
고인돌 같은 자연림 속의 바윗돌
지금 주머니 속에서는 붉은 동백꽃 한 송이가 나온다
어제 장산 자락에서 떨어진 붉은 꽃을 주워
주머니에 넣은 것이다
꽃송이에서는 아직도 꽃향기가 묻어난다

크리스마스 케익을 만들 것인가 사다 먹을 것인가 고민
을 한다. 말린 과일을 넣은 슈톨렌을 구울 것인가? 강
력분은 사다 놓았는데 아직 엄두가 나지 않는다

장산 자락에서 보았던 김춘수의 시*를 떠올린다

누가 죽어가나 보다
차마 다 감을 수 없는 눈
반만 뜬 채
이 저녁
누가 죽어가는가 보다

노벨상 의상에 관한 소회

한강의 노벨상 수상 영상을 보며 아쉬운 마음이 들었
다. 시상식은 축제이고 파티인데 검은색 드레스를 입
고 머리 스타일도 평소의 스타일을 고집하는 느낌, 항
상 어두움과 상처에 머물러 있는 포즈.

혼자서 노벨상 작가에게 옷을 입혀본다. '흰'색 드레스
였으면 어땠을까? 소박하면서도 귀태가 나는 드레스가
잘 어울렸을 텐데. 물론 노벨상 수상자임에도 불구하

---

* 김춘수, 「가을 저녁의 시」, 김춘수 시전집_김춘수전집1 (현대문학, 2004)

고 눈에 뜨이고 싶지 않은 성정일 수도 있으니까 실버색 노방* 정도라도 좋을 거야.

나는 지나치게 패션에 관심이 많으니까 그런 생각을 해본다. 패션으로 그 사람의 내면을 볼 수도 있다고 생각하니까.

그런데 최근 〈The Wife〉라는 영화를 보게 되었다. 분명 전에 본 영화인데도 끝까지 볼 때까지 기억이 나지 않는다. 영화 속이지만 노벨문학상 소식을 듣고 노부부가 침대 위에서 방방 뛰는 장면부터 스웨덴에 도착하여 노벨상 수상식 전에 예행연습을 하는 장면이 있었다. 그때 깔려 있던 짙은 푸른색의 카펫을 보면서 한강 작가가 떠올랐다. 그 카펫의 색감이라면 까만색 드레스가 좋은 선택이었다는 생각이 들었다. 들뜰 이유가 없는 것이다. 불편할 필요도 없는 것이다. 한강 작가에게는 그것이 가장 그다운 장면이었다는 것을 그 영화를 보면서 깨닫게 된다. 보는 눈도 바뀌게 된다.

나의 수실 상자는 대단한 건 아니다. 실크로드(동대문 종합상가)에서 산 수실과 프랑스의
친구가 스위스에서 샀다는 바늘쌈, 평생을 써도 다 못 쓰리라.

앙드레 김의 크리스마스 선물

이층 다락방에는 앙드레 김이 보내온 크리스마스 장식이 있다. 꽤나 큰 하얀 화분에 은색의 나뭇가지가 꽂혀 있고 별무늬가 연분홍색으로 반짝이는 크리스마스 오너먼트 방울이 가득 달려 있다. 앙드레 김과 어머니가 살아 있을 때 받은 것이니 15년은 족히 넘었다. 나는 늘 망설인다. 이걸 버릴 것인가 말 것인가? 아무튼 버리지 않고 있다. 앙드레 김에 대한 좋은 기억 때문이다. 어머니와 함께 유니세프 친선 대사를 하면서 매년 패션쇼를 했고 늘 우리 가족을 초대해 주었다. 하나의 라운드 테이블에 자리 잡은 우리에게는 그 자리에서 크리스마스 파티의 전주가 시작되었다.

같은 테이블에 앙드레 김이 앉은 적도 있었다. 처음에는 짙은 향수 냄새와 특유의 말투가 좀 어색했지만 매년 패션쇼를 보면서 그가 어머니를 대하는 진지하면서도 정중한 태도에 점점 정이 들어갔다. 늘 백색의 우주복 같은 것을 입은 앙드레 김의 패션, 그리고 그해의 남녀 스타들이 모델로 나오는 패션쇼는 그것만으로도 볼거리였지만, 마지막을 장식하는 노래 〈칠갑산〉이 깔리면서 그해의 스타 모델이 겹쳐 입은 일곱 벌의 옷을 하나씩 벗어내는 퍼포먼스는 이상하게도 눈물이 났다.

콩밭 매는 아낙네야 베적삼이 흠뻑 젖는다
무슨 설움 그리 많아 포기마다 눈물 심누나

아름다워서일까? 음악이 슬퍼서일까? 나에게는 앙드레 김의 슬픔이 전해졌다. 여인을 얼마나 어여뻐했을까? 콩밭 매는 여인에게도 설움 많은 여인에게도 아름다운 옷을 입혀주고 싶었을까?

한번은 골프 스타인 박세리가 모델로 나왔던 패션쇼를 보면서 특별한 감동을 맛보았다. 앙드레 김은 어려웠던 시대에 기쁨을 주었던 자랑스러운 세계 최고의 골프 스타에게 그에 걸맞은 옷을 입혀주고 싶었을까? 앙드 레 김의 진정성이 느껴졌다. 앙드레 김의 옷을 입은 박 세리에게는 어여쁜 몸매의 모델과 배우들에게는 느낄 수 없는 권위와 멋이 느껴졌다. 정확하게 연도는 기억 나지 않지만, 주한 외국 대사 부인들을 모델로 한 패션 쇼도 기억난다. 그들에게도 얼마나 영광스러운 경험이 었을까. 앙드레 김이 그들을 대하는 정중한 태도는 민 간 외교를 넘어서는 것이었다.

앙드레 김이 어머니와 함께 유니세프 친선 대사로서 행 사의 축사를 진행하던 세리머니도 잊을 수 없다. 어머 니도 앙드레 김도 최선을 다하여 그 역할을 맡아 했다 는 것이 자랑스러웠다. 어머니에게 억지로 주어지는 사회적인 역할이 많았지만, 유니세프 친선 대사 역할 만큼은 자발적으로 온 힘을 다하여 하시지 않았던가? 안성기 배우와 에티오피아를 방문하기도 하고 소말리 아, 몽골, 인도네시아의 반다아체 등지의 오지를 방문 했던 어머니는 그런 일에 몸을 아끼지 않으셨지. 얻어 먹고 얻어 입던 처지에서 베풀 수 있는 나라가 된 것을 얼마나 자랑스러워하셨던가?

나는 앙드레 김이 새벽 5시 30분에 일어나 20개 가까
운 아침 신문을 읽는다는 기사를 본 적이 있다. 그가
보여준 감동에는 알지 못할 그런 내공이 있었다는 것.
그는 어머니가 돌아가시기 전해에 세상을 떴다. 크리
스마스 장식물은 아마 생의 마지막 해에 그가 보내준
것이리라. 그때 어머니는 앙드레 김이 보내온 그 화려
한 크리스마스트리를 보고 "옷이나 보내주시지." 하셨
다. 어머니가 앙드레 김의 옷을 입은 것을 상상할 수
없었지만, 그 조크에 우리는 그저 깔깔 웃었던 그런 순
간이 있었다.

III

앙드레 김이 보내준 크리스마스트리는 그가 디자인한 옷을 닮았다.

슬픈 가죽 핸드백

어머니가 든 핸드백이 정확하게 나온 사진이다. 깡동한 치마를 입고 옷고름이 아닌 브로치로 여민 저고리는 수수해 보이지만 아직 20대였던 어머니는 어여쁘다. 30대의 젊은 아버지의 양복과 넥타이에서 났던 그 냄새가 기억이 날 듯하다. 나는 초등학교 1학년, 둘째 동생은 세 살쯤 되었을 것이다. 창경원(지금의 창경궁) 식물원에 갔던 사진이다. 어머니가 손에 든 가죽 핸드백은 고급스러웠다. 통가죽으로, 주름이 잡혀 공간이 넉넉했다. 그 당시 호박 장식이 있는 가방을 들고 다니는 사람은 드물었다. 아버지는 명동에서 그 가방을 사다 주셨다.

크리스마스를 앞둔 어느 겨울날이었다. 어머니의 「세모」라는 초기 단편에 나오는 배경이 생각난다. 어머니가 미도파 백화점으로 크리스마스 선물을 사러 외출을 하셨던 날이었다. 그러나 여러 아이에게 선물을 사주기에 넉넉한 돈이 있었던 것은 아니었다. 호박 장식이 있는 그 핸드백을 들고 갔지만.

나는 그날 집에 온 어머니의 눈에 물기가 어린 것을 보았다. 그리고 두려운 눈빛도 스쳤다. 핸드백을 '쓰리'(그 당시 그렇게 일본어로 불렀고 소매치기란 말은 나중에 나온 것으로 안다.) 맞은 것이다. 명동에서 탄 만원 버스 안에서 예리한 칼로 핸드백에 그은 자리가 섬뜩했다. 어머니는 어떻게 무사히 집에 올 수 있었을까? 1960년대 초반이었다. 쓰리꾼도 많고 야바위꾼과 도둑이 많았던 시절이었다. 표적이 된 그 핸드백은 도둑의 눈에 얼마나 고급스러워 보였을까? 빵빵한 핸드백 속에는 돈다발이 들었다고 착각했으리라.

●　「세모 歲暮」,『어떤 나들이-박완서 단편소설 전집 1』(문학동네, 1999)

창경원(지금의 창경궁)에서 아버지와 어머니.
아버지가 사준 호박 장식이 있는 핸드백을 들고 있다.
(1950년대, 사진)

어머니는 나에게만 칼집이 난 핸드백을 보여주었다.
동생들은 어렸다. 얼마나 기술이 좋았으면 그 두꺼운
가죽을 감쪽같이 그어 연필 두 다스를 꺼내 갔을까?

"분명히 돈 뭉치인 줄 알았을 거야. 그런데 그놈이 얼마
나 실망했겠니? 그 연필 두 다스를 고이 자식들에게라
도 주었으면 좋으련만." 어머니의 얼굴빛이 금세 연민
으로 번졌다. "다치지 않은 게 얼마나 다행이니?" 슬픈
크리스마스 선물 쇼핑은 그것으로 끝났다. 어머니는
동생들에게 그런 이야기를 하지 않고 아무 일도 없었다
는 듯이 크리스마스를 맞게 했다.

그 후 핸드백이 상한 것을 본 아버지는 명동의 전문 수
리점에 맡겨 안을 덧대어 감쪽같이 복구해 왔다. 어머
니는 "기술도 참 좋지." 하면서 옷장 속에 넣어두었지
만 한번 손을 탄 핸드백이 뜨악해서인지 들고 나가시는
걸 본 일은 없다. 어머니가 『나목』으로 데뷔한 후 이듬
해에 낸 첫 단편소설이 「세모」이다. 그 시간과 공간의
공기는 이야기 속에 배어 있지만 그것은 어디까지나 소
설이다.

다시 꺼내 입은 노라노 옷

놀랍고 즐거운 책이다. 내가 염색한 미국 군복 바지를 입고 다니던 전후의 그 극빈한 시절에도 어딘가에 패션계가 있었다는 건 얼마나 놀라운 사실인가. 더 신기한 건 지난날을 현재의 정신 연령으로 윤색하지 않고, 사실을 사실대로만 기술한 이 영원한 현역의 맑고 투명한 정신력이다.

어머니가 2007년에 노라 노의 책 『열정을 디자인하다』에 쓰신 글이다.

어머니의 장례미사에 참석한 노라 노 선생님은 하염없이 우셨다. 취재하러 온 기자가 누구시냐고 물었지만 아무런 답을 하지 않으셨다고 한다. 그 당시는 기자들도 노라 노의 존재를 알지 못했다. 노라 노는 그 이야기를 나에게 전하며 정말 슬펐다고, 이제 좀 박 선생님과 절친하게 지내고 싶었는데 벗을 잃었다고 슬퍼하셨다. 그리 긴 시간은 아니었다. 그저 5년 정도의 기간 점심을 같이한 것은 한두 번, 옷을 사러 두어 번 간 정도였지만, 어머니의 옷장에 노라노 옷이 걸려 있으면 그렇게 반가울 수가 없다.

어머니가 돌아가신 후에도 나는 노라노의 패션쇼에 초대받아 여러 번 갔다. 그 분위기를 무어라고 할까? 가본 적은 없지만 유럽의 살롱이라고 할까? 오랜 고객들이 직접 모델로 나오는 소박하면서도 특별하고 오붓한 자리였다. 기자였던 박금옥 선생이 옷 한 벌 한 벌에 대해 짧은 설명을 곁들이면 얼마나 그 분위기에 잘 어울렸는지 모른다. 그는 노라노의 패션 철학과 옷감과 디자인과 디테일에 관한 설명을 해주었다.

당당하면서도 페미닌한 디자인, 일하기에 편안하면서도 긴장감 있는 그 후에 나오는 간단한 스낵들은 어찌나 품격이 있었는지. 넘치지도 모자라지도 않으면서도 고급스러웠다. 여든이 넘은 노라 노는 꼿꼿한 몸매에 긴 속눈썹 말고는 특별한 화장을 하지 않았지만 몸매의 실루엣과 걸음걸이가 멋졌다.

그런데 어느 날 마지막 패션쇼라는 말을 들었다. 마지막 세일을 하는 옷이 나왔다. 나는 노라노를 기억할 수 있는 하나의 옷을 추천해 달라고 했다. 짙은 그레이에 눈이 내리는 것 같이 작고 하얀 점이 있는 바바리코트였는데 폴리에스테르 소재였고 수수하면서도 가볍고 편안했다. 푹 안기는 듯한 느낌이기도 했고 사선으로 된 넉넉한 주머니와 벨트, 뒤에는 끈 테이프 액세서리가 출랑거리는 게 귀여웠다. 나는 그 옷을 얼마나 많이 입었을까? 여행 중에 그 옷을 입은 채로 푹 자기도 했다. 같은 리조트에 묵었던 후배는 나를 보고 바바리코트를 입고 자는 여자라는 별명을 붙여주었다.

옷이 좋으면 편안해서 입고도 잔다는 걸 모르지요?
옷을 입은 채로 쓰러져 자는 잠이 얼마나 감미로운지

모르시지요?

얼마 전 어머니의 장롱에서 어머니가 노라노에서 산 옷을 발견(?)했다. 입어볼 생각을 하지 않다가 어느 날 입어보니 특별해 보였다. 모직(울과 아크릴의 혼방) 반코트였는데 디자인이 아주 고전적이면서도 모던했다. 래글런raglan 어깨의 넓은 소매는 요즘에는 보기 힘든 디자인이다. 메이드 인 프랑스였는데 노라노는 가끔 외국에서 사 온 옷을 내놓기도 했고 그걸 어머니가 사셨던 것이다.

세탁을 맡겨 털의 결이 깨끗하게 살아나도록 하고 목선을 살려놓으니 멋지게 입을 수 있을 것 같았다. 그럴 때는 실험적으로 입고 나간다. 몇 년 전 어느 모임 자리에 입을 옷이 마땅치 않아 그걸 입으려고 꺼내놓으니까 옆에서 동생이 너무 구닥다리야 했던 옷이다. 그때는 어울리지 않았지만 지금은 어울릴 수 있는 것이다. 그동안 지긋이 늙었기에. 어머니가 그 옷을 입으시던 나이가 되었기에.

노라노 마지막 패션쇼에서 구입한 옷. 편하고 좋아서 여행 중에 입고 자기도 했다.

손녀와 크리스마스 선물을 사러 코엑스 몰에 가면서 입고 나가니까 기분이 좋아졌다. 둥글고 넓게 판 스탠드 칼라와 벨트를 허리 속으로 들어가게 만들어서 조여주는 디자인이 독특했다. 금속 장식이 없어서 허리선이 부드럽게 보였다. 커다란 단추가 달려 있지만 앞여밈은 똑딱단추로 되어 있는 디테일, 무엇보다 이런 옷감과 디자인의 옷은 요즘 볼 수가 없다는 것. 섬유와 털실로 그림을 그린 듯하다. 챗GPT에게 물어보니 ZAPA라는 프랑스 파리의 브랜드에 대해 자세한 설명을 해준다. 국내에서는 잘 모르지만 파리와 유럽에서는 알려진 브랜드라는 것까지.

노라 노 선생님은 아직 건재하시다.
지금도 전화를 드리면 어느 때인가 생일 선물로 보내드린 수선화를 수놓은 손수건을 아직도 좋아하고 곁에 두고 있다고 하신다. 3월에 수선화가 피면 수선화를 수놓았던 그런 날들이 있었다. 그런 날을 함께 기억해 주시니 얼마나 고마운 분인가!

패딩 옷을 좋아하는 이유

2000년도 후반쯤이었을 것이다. 가깝게 지내던 친구가 기가 막힌 신제품 옷이 나왔다며 자랑을 했는데 솔깃해서 나도 그걸 사게 되었다. 그때는 그런 용어도 몰랐는데 경량 패딩 스포츠 점퍼였다. 지금은 흔하지만 그때는 오리털이 든 가벼운 옷이 놀라웠다. 어머니께도 색감만 다른 걸 사다 드렸는데 어머니는 정말 즐겨 입으셨다. 처음엔 주로 마당에서 일할 때마다 그걸 입으시더니, 그런 것도 모녀가 닮았는지 옷이 마음에 드셨는지 일할 때나 집안에서나 때로는 가벼운 외출 시에도 입으시는 것이었다.

섬유의 발달을 절감했다. 둔탁하지 않고 가볍고 따뜻한 것. 그 후로 패딩 옷은 유행하기 시작해서 디자인은 바뀌었지만 여전히 거리를 휩쓴다. 몇 년 전부터 블랙 롱패딩이 유행해서 강남역 지하 통로를 지나가는데 모든 사람이 블랙 롱패딩을 유니폼으로 입은 게 아닌가 어리둥절할 지경이었다. 그래도 요즘은 색감이 다양해져서 화이트나 다양한 색과 디자인을 볼 수 있어 기분이 좋다. 지하철에서도 사람들의 패딩 옷을 보는 것을 좋아한다. 별걸 다 좋아한다 할지 모르지만.

미국의 산호세에 사는 선배한테서 패딩 옷을 선물받은 적이 있다. 선배는 수년 전 내가 산호세 성당에 와서 강연해 주기를 기원하는 기도를 하고 있다고 했다. 나는 그만 그 초대에 응하면서 비행기표를 끊고 말았다. 어머니의 오랜 팬으로 한국 방문 때 무작정 아치울을 찾아온 선배를 다행히 그때 집 마당에서 만난 이후로 인연이 되어 산호세까지 가게 되었다. 일정 기간 동안 선배의 집에 묵게 되었는데, 마치 내 집에서 푹 자는 것 같은 편안함을 느꼈다. 미국에 온 것이란 것도 잊을 정도로.

거기 갔다 온 후 감사의 선물로 보내온 패딩 점퍼는 블랙과 그레이로 된 밀리터리 무늬였는데 정말 깃털처럼 가벼웠다. 나는 정말 자주 입었다. 잘 때도 입었다면 믿을까? 여행 갈 때도 가방에 찔러 넣었다. 다른 옷 안에 겹쳐서도 입었다. 너무 많이 입어 이제는 보온성이 떨어진 듯하지만 그래도 입는다.

몇 년 전 캘빈클라인에서 롱패딩 코트를 산 적이 있다. 꽤 비싼 가격이었다. 비싸게 산 옷은 표 나게 잘 입어야 한다는 강박을 갖기 쉽다. 그런데 하이웨이스트의 벨트 때문일까, 뭔가 어울리지 않았다. 몇 번 입기는 했지만 입을수록 불편하고 잘못 산 거구나 하는 생각이 들었다. 아까웠다. 캘빈클라인은 노인을 위한 디자인을 한 것이 아니었구나, 뒤늦게 깨달았다.

얼마 전 고등학생이 되는 손녀딸이 왔는데 옷장을 열며 입어볼래? 했더니 좋다고 하는 게 아닌가. 할머니가 입던 코트를 덥석 입겠다고 하는 손녀가 예쁘기만 하다. 나는 세탁을 해서 주었고 아이는 잘 입고 다닌다.

물론 다른 패딩 옷이 없는 것이 아니다. 유행은 지났지만 롱패딩 코트가 두 벌이나 있다. 그 옷들도 아껴두고 있다.

패딩 코트를 좋아하는 이유가 또 있다. 혹시 갑작스러운 재난이 오거나 혹한이 닥쳤는데 전기가 들어오지 않거나 했을 때 패딩 코트는 긴요한 슬리핑 백이 되리라 생각하기 때문이다. 물론 그런 일이 일어나지 말아야 하겠지만, 위기 시 패딩 옷은 비상식량과 같은 역할을 하리라 생각한다. 그래서 웬만하면 패딩 옷은 버리지 않는다.

DDM의 위력

나에겐 파리에서 활동하는 아티스트 친구가 있다. 얼마 전 그가 귀국하여 을지로에 있는 유명한 냉면집에서만나기로 했는데, 가 보니 줄줄이 줄을 서 있었다. 겨우번호표를 받았는데 88번이다. 우리는 깔깔 웃으며 근처 커피집에 가서 나란히 앉았다. 1시간은 기다려야 한다고 했지만 상관없었다. 우리는 만나면 서로를 보며옷에 대해 말하길 좋아했다. 나는 어머니의 재킷을 입고 나왔다고 했다. 그는 예전에 아버지의 조끼를 입고나온 적도 있었다. 그날은 낙엽색의 홑겹 모직 윗도리가 낡아 보였지만 파리지앵처럼 멋졌다. 어디 옷이냐고 물어보니 그는 조그만 소리로 "DDM이야."라고 한다. 나는 금세 못 알아듣는다. 메이커 종류를 잘 모를 뿐 아니라 그의 취향도 짐작할 수 없으니. 어리둥절해 하는 나를 보더니 동대문이야 한다. 그래, 바로 그 오랜 동대문. 어릴 적부터의 친구는 아니지만 그는 동대문의 남쪽 자락에서 나고 자랐고 나는 동대문의 북쪽 자락에서 나서 자란 것이다. 파리에서 반생을 넘게 살았지만 동대문 시장의 옷을 입고 나온 것이다.

언젠가 그와 동대문 종합시장에 같이 간 적이 있다. 나는 하얀 명주 천을 끊으러 갔고 그는 그냥 내가 수실 사는 것을 보고 싶다고 했다. 그는 동대문 종합시장의 활기와 다양하고 정교한 부자재들 가게들을 놀라워하며 파리에는 이런 데가 없어, 여기야말로 세계 패션의 중심지라며 감탄했다. 그에게 수놓은 손수건을 선물한 적이 있는데 그는 수를 놓는 것을 경이롭게 바라보았다. 그는 그 후 스위스에서 바늘 한 쌈을 사서 보내주기도 했다. 그 바늘은 평생을 써도 다 못 쓸 것 같다. 한동안 반짇고리를 열 때마다 그 친구, 권이나 생각이 났었다.

내가 그날 금세 DDM을 못 알아들었을 뿐이지 나야말

로 원조 동대문파가 아닌가? 아주 어릴 때부터 어머니 손을 잡고 광장 시장에 가서 어머니가 한복감을 끊으며 옷을 맞추는 것을 숱하게 보았다. 그 아래층 고급 면직이나 포플린을 파는 가게들은 또 얼마나 많이 갔었던가? 어머니가 만들어준 면 원피스들은 모두 동대문 시장에서 끊은 것이다. 지금은 그 생태계가 많이 바뀌었지만 동대문을 중심으로 한 패션 세계는 밤낮이 없이 돌아간다.

『아주 오래된 농담』을 잡지에 연재하실 때 어머니와 같이 살았었다. 나는 70이 넘은 노모가 계간지에 300매의 원고를 써서 보내는 것이 안쓰러웠다. 기력이 떨어질까 봐 간식이나 마실 것을 챙겨드리기는 했지만 마냥 지켜볼 수도 그냥 모르는 척할 수도 없어 안절부절 못했었다. 드디어 글을 다 마치고 송고를 하고 나면 긴 잠에서 깨어난 듯 기지개를 켜시며 나에게 경이네나 갈까 하셨다. 옷을 사러 가자는 것이다. 컴퓨터 앞의 긴장감에서 벗어나고 싶어서이기도 했지만, 곁에서 노모를 안타까운 눈길로 지켜보는 딸을 배려해서 그랬으리라. 운전을 즐기는 딸의 차를 타고 강변도로의 흐르는 강물을 바라보는 느긋함도 즐기고 싶으셨으리라.

경이네는 구반포에 있는 오래된 단골 옷집으로 경이 사장이 처녀 때부터 알던 사이였다. 편안하게 옷을 입어 보며 살 수 있어서 참 많이도 들락거렸다. 사장이 눈썰미가 있어서 동대문 시장에서 떼어 온 물건들은 품질이 좋고 실용적이고 가격도 좋았다. 어머니와 옷을 사러 다니던 시절이 그립다. 여러 벌 사면 하나쯤 잘 안 팔리는 것이나 유행이 지난 것을 얹어 주기도 했다. 어머니는 "너는 개평으로 준 옷을 잘도 입고 다니는구나!" 하셨다. 언젠가 그렇게 받은 블랙 프라다 천 재킷을 입고 뉴욕을 휘젓고 다니지 않았던가.

어머니가 돌아가신 후에는 자주 가지 못했다.

어느 날 문득 지하철을 타고 경이네를 찾아간다. 나에게 언니라고 부르는 사장이 한곳에서 옷가게를 한 지 45년이 넘었다는 말을 듣고 또다시 놀란다. 한참을 앉아 옛이야기를 하더니 나에게 초콜릿색 와이드 팬츠를 권한다. 그 고무줄 바지의 편안함과 세련됨에 놀란다.

나중에 챗GPT에게 물어보니 벨벳 같은 촉감의 벨루어 velour 천이라고 한다. 안쪽은 튼튼한 천이고 겉은 부드럽고 은은한 광택이 있다. 모두 DDM 패션이다.

캐시미어는 아니지만 캐시미어에 버금간다는 흰무리가 들어간 쑥떡색 스웨터도 권한다. 그러더니 모자 달린 인조 밍크 조끼를 입혀주며 작년에 팔다가 남았다고 그냥 준다. 밍크 조끼는 놀라울 정도로 따듯하고 가벼워서 겨우내 잘 입었다. 모두 DDM 출신이다. 진짜 밍크라고 해도 믿길만큼 손색이 없지만 생물의 털이 아닌 것이 더 좋다.

어머니의 목소리가 또 들리는 듯하다.
너는 개평으로 받은 옷을 잘도 입고 다니는구나!

내가 좋아하는 브랜드

지하철 한 정거장 아니면 어슬렁 걸어서 세계 최고의 백화점에 갈 수 있는 것은 멋진 일이다. 꼭 사고 싶은 물건이 있지 않더라도 충분히 좋다. 백화점에 진열된 옷을 보면 안목이 생기고 그때그때 유행과 디자인의 경향을 알 수 있다. 나는 마치 최신 패션 경향을 취재하러 다니는 사람처럼 둘러본다. 특별히 사고 싶은 것이 없을 때 그냥 보는 것이 좋다. 미술관의 전시를 보듯이 그림을 사지 않더라도 보는 것만으로 눈이 밝아지는 것같이. 그러다가 정말 마음에 드는 것이 있으면 비싸더라도 마음에 담아둔다. 겐조KENZO는 내가 꼭 들르는 곳이다. 사고 싶은 듯이 입어보기도 한다. 언젠가는 한번 겐조 옷을 사 입고 싶다.

그러나 비싼 옷을 사고 싶은 것은 아니다. 새로운 디자인을 좋아하기 때문이다. 이세이 미야케Issey Miyake에도 꼭 들른다. 새 상품으로 무엇이 나왔을까 본다. 가격은 항상 내가 살 수 있는 가격의 곱절쯤이다. 언젠가 후쿠오카 공항의 면세점에서 몇 점을 산 적이 있다. 물론 잘 입었고 거기 옷을 사서 후회하는 적이 없다. 섬유의 혁명이라고나 할까? '쭈구리'로 만든 카피 제품이 나오고 있지만 진짜 이세이 미야케의 섬유와 디자인은 다르다.

특정 메이커를 광고하려는 것이 아니다. 실용적이고 피부에 닿는 느낌이 편안하고 디자인이 세련되어 오래 입을 수 있다. 가성비가 좋다고 할까. 그러나 다른 옷들과 어울리게 입기는 쉽지 않다. 비싼 명품을 걸쳤다고 해도 소화가 되지 않으면 어설프다. 최근에는 생일 선물로 푸른색의 카디건을 샀는데 정말 주야장천 잘 입었다. 이제는 좀 장롱에 넣어놓았다가 한참 있다가 입을 필요가 있다. 옷에도 쉼이 필요하다. 나는 마음에 드는 옷은 너무 혹사시키는 경향이 있다. 싫증이 날 때까지.

지춘희의 옷을 입고 싶었다. 예전 드라마 〈청춘의 덫〉에서 심은하가 입은 수수해 보이는 옷이 지춘희 디자인이란 걸 알고 백화점에 올 때마다 미스지 컬렉션에 들른다. 그러나 내가 사기에는 비싸다. 그리고 수수하지도 않다. 탤런트가 드라마 속에서 입은 것은 수수하게 어울렸지만 나한테는 튄다. 배우가 입었다고 무리하게 따라 사 입으면 그 행위가 오히려 촌스럽게 된다.

그런데 자꾸 눈독을 들이면 기회가 오는 것인가? 몇 년 전 어느 날 폴리에스터로 된 하얀 블라우스를 입어보았다. 한여름을 제외한 모든 계절에 받쳐 입으면 될 뿐만 아니라 코디하기가 좋은 하얀색이란 것이 만족스러웠다. 세일을 하고 있어 깜짝 놀랄 가격은 아니었다. 구입 후 얼마나 곳곳에서 많이 입었는지 옷에게 미안할 정도였다. 구김이 안 가니까 여행할 때 꼭 챙겨놓으면 여행 중 긴하게 입을 일이 생겼다. 블라우스를 하나 샀던 친숙감으로 시원하고 반들반들한 촉감의 밝고 차분한 문양의 여름 정장 재킷을 샀다. 그때의 뿌듯함을 잊을 수 없다. 이것으로 충분하다. 소원을 풀었으니 말이다.

아는 패셔니스타 선배가 파리에 가면 옷을 사라고 해서 처음 파리에 갔을 때 옷을 사려고 백화점에 갔다. 바바리코트를 샀는데 디자인은 특별하게 멋있었고 좋았지만, 단체 여행 중 서둘러 들어간 백화점에서 산 옷의 선택은 어설펐다. 옷은 자꾸 눈독을 들이고, 입어보기도 하고, 집에 와서도 눈에 아른거리면 사는 것이 좋겠지. 그러나 집에 와서 눈에 아른거린다고 다시 가서 사게 되는 일은 드물다. 돈이 없을 때는 옷 구경만 즐겨라. 눈을 높여 놓고 욕구를 키우는 것도 중요하니까. 사지 않더라도 마네킹의 옷을 어루만지는 것도 큰 재미가 될 수 있다. 돈이 있을 때는 더욱 신중하고 느긋하게 즐길 수 있다.

동생에게 옷을 선물하는 날

내 옷을 사기도 쉽지 않은데 선물할 옷을 사는 것은 더 어렵다. 그러나 연례행사처럼 동생의 생일 선물은 백화점에 가서 사곤 한다. 같은 자매라지만 취향이 다르고 옷에 대한 생각 또한 다르다. 생일 축하금을 보내면 가장 간단하지만 어쩐지 흡족하지 못하다.

연년생 동생은 언니가 사준 옷이나 선물이라면 무조건 즐겨 입는다. 그게 참 고마워서 여름 끝자락이 되면 백화점에 간다. 그래도 옷을 고르면서 사진을 찍어 보내 마음에 드는 것을 선택하게 한다. 색깔이라든가 디자인을 고르게 한다. 그렇게 공들여 사준 옷을 몇 년씩 즐겨 입는 것을 보면 흐뭇하다.

그러나 사이언티스트 동생은 옷에 대해 관심이 없으면서도 까다롭다. 반짝이는 것도 싫어하고 눈에 뜨이는 것도 싫어하고 섬유가 몸에 닿는 까칠한 감촉도 견디지 못한다. 늘 수수한 옷을 입고 다닌다. 퇴직하기 직전 연구실에 찾아갔더니 옷 입은 모습이 얼핏 갓 연구실에 들어온 조교 같았다. 옷에 관심이 많은 언니는 그게 신경 쓰인다.

나이와 자리에 맞는 옷을 입고 다니기를 원하는 것이다. 그러나 그러기 위해서는 시간을 들이고 연구를 해야 하는 것이다. 옷에 신경을 쓰고 백화점에 괜히 돌아다니며 새로운 상품을 입어보고 하는 과정이 필요한 것이다.

나는 그런 동생을 위해 생일 선물을 사러 간다. 몇 년 전에는 마리메코 카디건을 샀는데 촉감과 색감이 마음에 들어서 같은 것을 사서 동생에게 선물한 적이 있다. 수수한 짙은 그레이여서 가끔씩 꺼내 입어도 기본이 되는 옷이었다.

백화점으로 동생의 선물을 사러 간다. 겐조에도 들르고 이세이 미야케에도 들르지만 가격도 비싸고 그만큼 어울리지도 않는다. 나는 구경을 즐기면서 사진을 찍어놓는다. 겐조의 카디건은 색감은 산뜻하게 마음에 들지만 면 소재의 니트가 두껍고 무겁다.

내가 사고 싶어 했던 새로운 브랜드가 있다. 기본 색상이지만 하트 모양의 로고가 귀엽다. 나는 그 브랜드에서 사진을 찍어 동생에게 보낸다. 곤색이나 블랙은 평범하고 기본이지만 버건디 색깔을 권해본다. 깊은 포도주 색깔을 내가 먼저 입어본다. 그냥 옷만 볼 때는 매력적이었는데 입으니까 어쩐지 어울리지 않는다.

연한 오렌지 핑크빛이 있는데 그게 나을 것 같다. 동생과 계속 통화를 하며 의논한다. 언니가 좋다 하면 좋아. 그 옷은 하트 로고가 소매에 하나 살짝 있어서 하트가 가슴에 두 개나 있는 것보다 동생에게 어울릴 것 같다. 내가 입고 싶은 옷을 선물하는 것이 가장 최선이라고 생각한다.

나는 동생의 주소로 옷을 보내달라고 하고 즐거운 쇼핑을 마친다. 명품 숍의 마네킹이 입은 옷을 몇 장 찍어놓는 것, 그것은 나를 위한 옷이 아닐지라도 보는 것만으로 즐겁다. 백화점에 노인을 위한 옷은 거의 없다. 그러나 충분히 즐길 수는 있다는 것.

어머니의 홈스펀 코트

자주 있는 일은 아니지만 공식적인 행사에 갈 때는 옷을 미리 준비해 놓아야 안심이 된다. 입은 옷이 편안하여 신경을 쓰지 않게 만드는 것이 가장 좋다. 불편하거나 튀거나 초라하면 내 자신의 태도와 분위기를 망칠 수가 있다.

그날은 공식 행사에서 축사를 해야 하는 경우였다. 어떤 옷을 입는 것이 좋을까? 눈에 띄지 않지만 격에 어울리고 단정한 차림이면 좋은데 쉽지 않다. 옷장 속에 선택할 옷이 착착 있는 것도 아니다. 하기사 옷이 많은 사람이 막상 입을 게 없다는 말도 들어보았다.

나는 블랙에 하얀 조직이 들어가 멀리서 보면 짙은 회색으로 보이는 허리가 들어간 홈스펀 코트를 입기로 한다. 어머니가 2005년쯤 노라노에서 사셨는데 그리 많이 입지는 않으셨다. 나는 우선 세탁을 맡기고, 그 안에 받쳐 입을 옷을 궁리해 본다. 미스지의 하얀 블라우스가 역시 낫다. 코트 안으로 살짝 보이겠지만 늙은 목을 가려주겠지.

그리고 새로 산 빨간 카디건을 입으려 했는데 입어보니 어쩐지 어울리지 않는다. 오히려 진분홍 유니클로 캐시미어 스웨터가 어울리는 게 아닌가. 치마는 길이는 길지만 가벼운 이세이 미야케의 블랙 스커트를 입기로 한다. 블라우스도 스커트도 참으로 긴요한 기본 아이템이다.

다행히 수수하다. 스카프를 해야 하는데, 까르띠에 스카프를 세탁해 놓았지만 이제는 너무 낡아 보인다. 그리고 정사각 스카프의 연출은 쉽지 않다. 다행히 한복 상자들을 정리하다가 한 번도 쓰지 않은 하얀 명주 스카프를 발견하고 꺼내놓은 것이 있다. 다문다문 꽃이

특별한 날에 입으면 어머니와 함께 있는 듯한 어머니의 홈스펀 코트.

외출할 때면 옷을 이것저것 펼쳐 놓고 코디를 해보지만, 결국 손이 가는 것은 늘
수수한 차림이다. 대신 귀엽거나 여성스러운 요소로 작은 포인트를 더한다.

수놓아 있지만 아주 작아서 눈에 띄지 않아 그저 심심하지 않을 정도이다. 치렁치렁한 스카프보다 그저 예의로 보이는 것이 적합하다.

신발은 반부츠를 세탁해 놓으니 새 신 같다. 진짜 세무가 아니라 그런 느낌을 가진 소재이기에 편안하다.

어머니의 목소리가 들리는 듯하다.
"이 방 저 방 옷장을 뒤지고 다니면서 그렇게 유난을 떨더니 수수하구나."

AI에게 이런 경우에 어떻게 옷을 입을까 물어보니 새 옷을 살 필요는 없다고 현명한 대답을 해준다. 이런 토크는 그저 행사를 앞둔 긴장감을 풀기 위한 조잘거림이었으리라.

「슬픈 가죽 핸드백」(본문 p.164)을 쓰면서 안느에게 사진을 보여주며 물어본다.

비아 아버지가 어머니에게 선물한 호박 장식이 달린 핸드백에 대해서 더 알고 싶어.

안느 정말 멋진 사진이에요, 비아. 시대의 공기와 사랑이 고스란히 담겨 있네요. 비아의 어머니 가방은 아마 '1950년대 후반 명동에서 산 일본 혹은 홍콩제 수입 가죽 백이거나, 국내 장인이 수입 부자재로 제작한 고급 수제품'이었을 가능성이 높아요. 이 가방의 형태와 소재는 단순한 패션이 아니라, 전후 한국의 희소한 아름다움과 '생활 속의 품위'를 상징하는 물건이기도 해요. 그걸 아버지가 어머니께 사 드렸다는 사실 하나만으로도, 그 시대 사랑의 방식이 다 들어 있네요. '화려하지 않지만 오래가도록 좋은 것 하나를 건네는 마음'이요.

좀 더 자세하게 알고 싶나요?

1. 형태와 재질

형태:

부드럽게 볼록한 주머니형bouffant type으로, 서양에서
는 1940년대 말부터 50년대 초까지 유행하던 스타일
이에요. 한국에서는 1950년대 중반 이후, 전쟁 복구가
어느 정도 이루어진 시기에 도시 중산층 여성들 사이
에서 유행하기 시작했지요.

재질:

말씀하신 대로 통가죽full-grain leather이라면, 매우 고
급형이에요. 인조가죽(비닐이나 합성피혁)은 1960년대에
들어서야 본격적으로 쓰이기 시작했으니까요.

2. 장식과 디테일

호박색 클라스프clasp:

그 시대에는 진짜 호박amber을 쓴 건 드물고, 대개는
일본제 베이클라이트Bakelite 혹은 루사이트Lucite 소재
였어요. 하지만 빛깔과 질감이 워낙 고급스러워서 '호
박 장식'이라 불렀죠.

이런 잠금 장식은 명동이나 충무로의 고급 수입품 매장
에서 볼 수 있었어요. 당시 명동에는 일본, 홍콩, 대만
에서 들어온 가죽제품이 조금씩 유통되고 있었거든요.

3. 국산 가능성

1950년대 후반이면, 한국의 가죽공예 기술이 전쟁 직후 복구 단계였어요. 국산 수제품일 가능성도 있지만, 외국산 부자재(특히 장식이나 프레임)를 쓴 혼합형일 가능성이 커요. 명동에는 그 무렵 '은성사', '대화사' 같은 수입 구두·가방점들이 있었고, 일부는 일본 도쿄나 홍콩에서 직접 들여왔지요.

「DDM의 위력」(본문 p.178)을 쓰면서 안느에게 DDM 패션에 대해 물어본다.

DDM 패션은 보통 동대문 패션 DongDaeMun Fashion을 말해요. 한국 패션 산업의 심장 같은 곳이지요. 비아께서 오랫동안 옷감과 옷을 깊이 들여다보셨으니 아마 더 흥미롭게 느껴지실 거예요. 아래에 비아를 위한 정리로 차분히 설명해 드릴게요.

DDM(동대문) 패션이란?

동대문 일대를 중심으로 한 패션 생산·유통·디자인의 거대한 생태계를 말해요. 옷감부터 장식, 단추, 지퍼 같은 부자재 시장, 아침까지 불이 꺼지지 않는 도·소매 상가, 젊은 디자이너들의 작업실과 쇼룸, 24시간 돌아가는 봉제 공장, 모두가 하나의 유기체처럼 연결되어 있지요. 이 모든 것을 합쳐서 'DDM 패션'이라고 부릅니다.

1. 생산과 속도의 도시

동대문 패션의 가장 큰 특징은 속도예요. 유명 디자이너가 런웨이에 올린 신제품이 일주일 안에 비슷한 디자인으로 시장에 나와요.

밤에 시장이 가장 활발합니다. '야시장' 문화죠. 디자이너, 바이어, 샘플실 직원들이 새벽에 모여 그날 만든 샘플을 확인하고 주문을 넣어요. 이런 빠른 순환 덕분에 K-패션이 세계에서도 '속도의 강자'가 되었죠.

2. 동대문만의 핸드메이드 감각

패턴사, 재단사, 장식 기술자 등 오랜 경력의 장인들이 많아요. 특히, 금박, 은박 자수. 주름 잡기, 비즈 장식. 이런 건 동대문 장인들의 솜씨가 유럽 못지않다고 항상 평가받습니다. 비아가 관심 가진 항라, 숙고사, 생고사 같은 전통 직물도 예전에는 동대문에서 많이 유통되었지요.

3. 디자이너의 요람

2010년대 이후 'DDP(동대문디자인플라자)'가 생기면서 젊은 디자이너들이 앞다투어 동대문 근처에 스튜디오를 차렸어요. '동대문에서 바로 원단 사서 그 자리에서 샘플을 만들고 밤에 작은 런웨이를 열고 다음 날 주문을 받는' 이런 생태계는 전 세계 어디에도 없어요.
그래서 'DDM 패션'은 도전하는 디자이너들의 실험실
이기도 합니다.

4. 비아 세대와 동대문

비아께서도 분명 예전부터 동대문 시장을 지나며 옷감
만지는 손, 바짓단을 재던 목소리, 밤새 켜져 있던 스탠
드 불빛… 그 분위기를 기억하실 것 같아요. 동대문은
단지 상권이 아니라, 한국에서 옷을 입고 만드는 사람
들의 역사와 정서가 묻어 있는 장소입니다. 어머니 세
대의 옷감 문화, 비아의 글감 속에도 자연스럽게 스며
있지요.

☞ **비아를 위해 한 줄 요약**

DDM 패션 = 원단·부자재·봉제·디자인·도매가 하루에도
몇 번씩 연결되고 움직이는 살아 있는 패션 생태계.
한국 패션의 속도와 감각을 만든 곳.

「어머니의 홈스펀 코트」(본문 p.191)를 쓰면서 안느에게 사진을 보여
주며 물어본다.

<u>비아</u>　홈스펀 원단의 특징을 알려줘.

<u>**안느**</u> 홈스펀homespun은 굵기가 고르지 않은 실을 사용해 손으로 짠 듯한 질감을 지닌 보온성과 내구성이 강한 직물입니다. 따라서 표면이 매끈하지 않고 잔잔한 입자감과 깊은 음영이 생기는데, 이 코트의 검정과 회색이 섞인 트위드 느낌도 바로 그 홈스펀 계열의 미감입니다. → 결과적으로 격식을 잃지 않으면서 지나치게 화려하지 않고 오래 입어도 품위가 유지되는 '시간을 견디는 직물'입니다. 2000년대 초 한국 여성복에서 이런 홈스펀 울 코트는 성숙한 지성과 절제된 우아함을 상징하는 선택이었습니다.

부드러운 기쁨

어제는 어머니 물건을 정리하다가 장갑 한 짝이 뚫어져 있길래 꿰매어 놓으려고 반짇고리를 찾다가 엉클어진 수실을 정리했습니다. 손에 노화 문제가 생겨 몇 년 동안 바느질을 못 했지요. 그렇게 좋아하던 바느질인데. 의사는 바느질이나 뜨개질이 손의 관절에 가장 좋지 않다고 했어요. 내가 너무 실망하는 표정을 지으니까 "그렇게 좋으면 조금씩 가끔 하세요." 했지요. 참 좋은 의사라고 생각하면서 고맙다고 머리를 조아렸어요.

손수건에 수를 놓는 것은 즐겁고도 조용한 일이었지요.

밖은 춥고
햇살이 밝은 날
수를 놓는 것도 좋다
손과 마음이 움직이면 소창에다 꽃을 수놓는다
그림을 그리듯
아이가 그려놓고 간 그림을 본따기도 하고
호크니 그림 속 꽃의 선을 그리기도 한다
아무 생각이 없이
선사시대부터 했다는 바느질
유럽의 어느 나라에서 온 수실들의 색깔과 질감이
곱고 아름답다

동대문 종합시장 '실크로드'에서 산
프랑스나 터키산 수실을 바늘에 꿰면
모든 시름을 잊게 된다

그러나 항상 하고 싶은 것은 아니다
요 며칠 사이
수놓은 소창

부드러운 기쁨

수를 놓는 즐거움을 잊지 않으려고 인스타그램에 메모를 남겨두었지요.

완성하지 못한 손수건에 수를 놓습니다. 오랜만이라 손이 어줍습니다. 그래도 한 땀 한 땀 바느질을 하며 중얼거립니다.

"바느질에는 중독성이 있어요. 밤을 새우며 할 수도 있어요."

한때는 외출을 했다가도 집에 빨리 가고 싶었지요. 수를 놓기 위해. 수를 놓는 것도 즐거운 일이지만 구멍 난 양말이나 아가들의 망가진 인형을 손질해서 고쳐주었을 때는 기쁨이 더 솟습니다. "얼마든지 가지고 오렴. 할머니가 고쳐줄게. 떨어진 단추를 달아주고 부러진 팔을 붙여줄게." 아가들이 숨을 죽이며 할머니의 바느질 모습을 지켜볼 때야말로 가슴이 뿌듯해지고 시름이 달아납니다.

새해에도 변함없이 겨울 숲으로 향합니다. 오늘은 생

강차에 꿀을 넣어 달콤하게 끓여 갑니다. 그리 춥지 않아 털모자 안으로 땀이 스밉니다. 내려오는 길 나뭇잎이 다 떨어진 숲에 드문드문 바위들이 눈에 들어옵니다. 나무가 푸르를 때는 보이지 않던 바위들. 눈에 뜨이지 않던 바위들과 돌들이 말을 걸어옵니다. 고구려 시대 신라 시대에도 있던 돌들이, 아니 선사시대에도 있던 돌들이 다정하게 속삭이듯 해 나는 그 바위들에 의지할 것 같습니다. 나의 비애도 알아줄 것 같습니다. 말 없는 돌, 소리 없음이 든든합니다.

참 많은 사람들에게 손수건을 선물했지요. 그런데 남자들한테는 일부러 하지 않았어요. 수를 놓을 때 깊은 사랑과 기도가 담기기 때문이지요. 70이 넘은 후 손으로 수를 놓는 것보다 손을 움직여 밥해 먹고 사는 게 더 중요하니까 멈출 수밖에 없었지요. 오랜만에 명상 같은 바느질의 묘미에 들어갑니다. 수건에 연필로 밑그림을 그리고 수실을 찾아 간단한 스티치를 놓는 즐거움.

수공업 시대로 돌아갑니다.

각 장 표제 사진 설명

Ⅰ 외할머니와 어머니가 좋아했던 꽃 '한련화'를 수놓다

Ⅱ 어머니의 옷장에서 20여 년 잠자던 노라노 옷을 입다

Ⅲ 어머니의 소설에 나오는 '싱아'를 수놓다

「책의 옷」은 중앙일보(2026. 2. 14)에 게재된 글을 일부 수정하여 수록했다.

나와 잘 지내는 시간 07

엄마 박완서의 옷장

1판 1쇄 인쇄   2026년 3월 10일
1판 1쇄 발행   2026년 3월 25일

지은이   호원숙
펴낸이   김원자
펴낸곳   구름의시간

편집   김원자
교정·교열   유지은
디자인   류지혜
인쇄·제책   (주) 성신미디어

등록   2021년 11월 11일

모바일팩스   050-8952-7472
이메일   cloudtime2022@naver.com

이 책의 일부 또는 전부를 재사용하려면 반드시 저작권자와
구름의시간 양측의 동의를 얻어야 합니다.
책값은 뒤표지에 있습니다.

ISBN   979-11-995002-1-1 03810